W0226301

ENFUIR L'HIVER

DU MÊME AUTEUR

Paul dans les pas du père, préface de Didier Decoin, Mémoires du paysan Paul Bedel, Ouest-France, 2007

Mémoires de l'orphelin Arsène-Georges Lepoittevin, préface de l'amiral Jacques Launay, Ouest-France, 2008

L'Enfant-Loup de Blanche, roman, De Borée, 2012

Testament d'un paysan en voie de disparition, préface de Claudie Gallay, Presses de la Renaissance, 2009

Mimi Guillam. Cahier de vie d'une institutrice, préface d'Evelyne Sullerot, Presses de la Renaissance, 2010

Les Bergers blancs, roman, Albin Michel, 2011, prix Reine Mathilde 2012

Le Petit Bonnet de laine rouge, roman, Presses de la Cité, 2013

Mémoires d'un rebouteux breton, Presses de la Cité, 2014

Jeanne des falaises, Presses de la Cité, 2015

Catherine Ecole-Boivin

ENFUIR L'HIVER

Roman

Terres de France

PRESSES DE LA CITÉ

Le Code de la propriété intellectuelle n'autorisant, aux termes de l'article L. 122-5, 2e et 3e a), d'une part, que les « copies ou reproductions strictement réservées à l'usage privé du copiste et non destinées à une utilisation collective » et, d'autre part, que les analyses et les courtes citations dans un but d'exemple et d'illustration, « toute représentation ou reproduction intégrale ou partielle faite sans le consentement de l'auteur ou de ses ayants droit ou ayants cause est illicite » (art. L. 122-4). Cette représentation ou reproduction, par quelque procédé que ce soit, constituerait donc une contrefaçon, sanctionnée par les articles L. 335-2 et suivants du Code de la propriété intellectuelle.

© Presses de la Cité, 2016
ISBN 978-2-258-11852-2

Presses de la Cité | un département place des éditeurs

place des éditeurs

Les mots sont nos fantômes,
ils fondent aux premières neiges.

A Agathe, fidèle lectrice,
qui vient à ma rencontre en Bretagne,
au Salon du livre de Vannes,
et qui m'a tant émue en juin 2015.

A mon amie et collègue, Anne-Françoise,
qui chaque matin me donne envie
de traverser notre long pont suspendu,
en équilibre sur les griffures
du ciel et la ville aux coulures bleu pastel
de Saint-Nazaire, la cendrée.
Itinéraire et lien funambules.
Pour se souvenir que le lycée
est parfois le seul lieu, pour nos élèves,
où ils peuvent penser par eux-mêmes.

La Chose

Longtemps je n'ai pas su ce que voulait dire vivre. Habitée d'une sorte de fièvre, je tenais debout, je marchais, je mangeais le peu que l'on me proposait, j'étais là. Mécaniquement je survivais. Déambulant dans une presqu'île aux sentes démesurées pour mes jambes minuscules, qu'un ciel tantôt indigo griffé d'un rouge lavé de blanc, tantôt décoloré et poussiéreux d'où pointait l'orange provocant d'un soleil en fin de course, écrasait. Je ne me posais pas de questions : une chose ne pense pas.

Pourtant le ciel d'hiver, même le plus sombre, a toujours du rose en lui, pour le peintre exalté ou tremblant, comme pour le promeneur transi. Parfois survenaient quelques éclats, je les ressentais de façon diffuse dans mon sommeil ; quelqu'un d'autre habitait en moi. Elle avait un prénom que je n'entendais pas et elle souriait délicatement. Je crois que ce sentiment qui apparaît furtivement en nous s'appelle l'espérance.

Je souffrais et je pensais que les personnes à figure humaine croisées ressentaient elles aussi cette douleur constante et envahissante de la solitude et du manque de soin. La vie n'avait pas d'autre message que de me rejeter de façon aléatoire aux frontières de la mort.

Plus j'avais mal et plus je devenais vive.

Une vieille folle, toujours en colère, qui m'appelait « la Chose », m'avait arrachée d'une cave sombre où j'avais passé les premières années de ma vie. Elle se levait à l'aube en gueulant, avalait bruyamment un quart de rhum puis sortait de sa maisonnette ouverte aux vents. De loin je la voyais pisser debout, les reins à la renverse, les jambes écartées sur des boqueteaux d'ajoncs au fond de son jardin. Elle m'exhortait à la rejoindre ; je me recroquevillais sur ma paillasse tiédie par mon corps famélique. Connaissant son impatience envers moi, je l'imitais chancelante de froid sous mes haillons parsemés de paille que je secouais.

Celle que l'on surnommait « la Barbelé » m'observait de contentement :

— Tu vois, la Chose, pisser debout comme les hommes, c'est ça la fantaisie. Un jour tu seras ma fille pour de bon, je vais t'apprendre les bons coups.

J'allais, maladroite, les jambes humides, traire sa chèvre et buvais à sa mamelle ce lait doux qui me nourrissait une grande partie de la journée. La démente me traînait jusqu'aux éléments les plus fous de cette contrée ensauvagée, dont j'étais l'enfant farouche. Son métier : ramasseuse de terre de cimetière, celle que laissent les fossoyeurs au-dessus des tombes, excès que l'on nous retire, celle du volume des corps. Cette terre sent fort les embruns qui s'y mélangent. Lourde et aérée à la fois, la Barbelé la vendait aux jardiniers qui souhaitaient l'utiliser et réussir leurs plantations d'arbres. Je poussais sa brouette, mes mains lui servaient de pelle. J'enlevais les mégots jaunes abandonnés par les fossoyeurs. Je triais les cailloux minutieusement. Elle s'approchait de moi en mâchonnant et avec une branchette me cinglait les mains si je n'allais pas assez vite. Elle n'avait pas besoin de crier, ni de me parler. Je comprenais et j'accélérais la cadence.

Nous récupérions également la terre boulochée formant des monticules, celle faite par les taupes venant de temps en temps prendre l'air dans les champs fertiles. J'avais froid et faim, mais je ne savais pas encore que l'on pouvait vivre sans le froid et la faim.

L'été, quand nous ramassions les fruits de mer, je regardais stupéfaite les enfants entourés d'adultes bienveillants, les pieds sur un sable à peine salé car tapissé de serviettes. La marmaille s'émerveillait, poussait des cris de surprise, lorsque délicatement ils posaient des coquillages vides sur leur oreille et entendaient la mer.

Cette furibonde, dont on prétendait barricader le son dans un espace borné, je l'appréhendais d'une tout autre manière qu'eux. La mer, forcenée, ma compagne forcée, me cognait directement dans les oreilles, me fracassait les yeux avec son ventre et ses lames. Pareillement à tous les orphelins, je creusais de l'amour sur les grèves de galets, avec mes mains de colère, mes ongles érodés.

Elle respirait, je respirais sous sa détrempe. Mon souffle par ricochet s'évanouissait par bouffées. Je ne tentais pas de le rattraper et surtout je ne le regardais pas s'enfuir de mon corps.

Surtout ne pas m'évaporer... Quelque chose me retenait à la vie. Un pas en bord de falaise, deux pas vers la terre. Equilibriste. Le pied ancré dans le sol inventait, quand l'autre en se soulevant s'échappait en dansant. Avec ses bras insensibles et féroces, l'océan voulait me voler mes pas, envoyait ses rouleaux me chercher. Elle exigeait, pour un instant, de devenir moi, la Chose en liberté. Pour connaître la marche dans la fougère et la bruyère, l'impression du doré des ajoncs et des genêts mélangés, à portée de corps. Elle voulait me remplacer, moi qui m'égarais le nez en l'air, puissante à l'âge de l'enfance. Je parlais peu, ne connaissant que quelques mots.

A mes trousses, comblant mes empreintes, elle hurlait :

— La Chose, tu es fière, tu es saine, tu es vive, rejoins-moi, je vais t'apprendre à contrarier les barbares.

Je lui jetais des cailloux transparents, plus gros chaque jour.

A mon tour, alors que je baissais la tête, parfois je voulais lui prendre son eau pour retourner là où les roches caressent les algues.

Mais toujours je revenais vers les hommes, par cette terre de trépas, collante, que je pétrissais à longueur de journée, qui me racontait une histoire souterraine, aveugle, celle des morts.

Ils veillaient sur moi.

En attendant, j'écrasais rageusement les coquillages sous mes sabots. La douceur, la tendresse, je n'y connaissais rien, avant ma rencontre avec Thilda, fille d'Imanol, le devin du Val-de-Saire.

Barfleur

Hiver 1890. Les tempes hautes, le visage long, le menton pointu, le nez aquilin, la tête enfouie sous sa capuche, Imanol, le devin du Val-de-Saire, attend. Un vent humide heurte, aussi fortement et indifféremment, les vivants et les granites des digues. La brume limite la vision sur le quai de Barfleur en s'épaississant par bouffées. On ne voit même plus le sol. Disparaître, réapparaître, le lot commun. Une odeur suave de marais s'échappe vers l'horizon nerveux campé entre la Manche et l'Angleterre. Les brises de terre, enrichies de varech, s'entrechoquent sur les rochers. Des acheteuses de poisson patientent. Elles se réfugient sous leurs misérables robes, se réchauffant en se berçant, d'un pied à un autre. Serrant telle une armure dans l'attente de l'arrivée des pêcheurs leur sac de toile rude contre leur poitrine. La ville de Barfleur est protégée par des monceaux de roches, déployées pour retenir la terre face à un océan noceur et ripailleur, tentant de l'envahir continuellement.

Barfleur, pétrée, s'immisce dans les postures

des corps en imposant une cadence froide, imprégnée de mouillures persistantes. Les lichens d'or, seule couleur vive dans ce gris résistant, dégoulinent de part et d'autre des entrailles des roches. Ses habitants ont cela de particulier : au soleil, ils deviennent lumineux ; par gros temps, ils s'effacent, affrontent leur condition sans mot dire, se diffusent corps et âme dans le bâti de leur cité. Leurs silhouettes ombreuses se mélangent aux filets usés, en fin de course, posés sur de hauts supports en bois piquetés de sel. On ne manque pas de respiration sur les jetées.

En pleine saison du hareng, cherchant les eaux plus accueillantes, les pêcheurs en rapportent des quantités du large de la baie de Silvy. Ils seront mis à sécher dans les cheminées et à saler dans de grandes terrines. On pêche les maquereaux, les huîtres naturelles drapées sur les bancs de la baie de Granville. Les huîtres sauvages ramassées à l'anse du cul-du-loup sont mises en parc entre Réville et Gatteville. Les paniers sont remplis de homards bleus du Cotentin, de crabes et divers poissons de roche.

Les filets, ces Barfleuraises en connaissent l'odeur et la texture : ils habillent les quais de tentures chargées de l'âme des tempêtes, ce miroir des gens de mer. S'y emmêlent les spectres des noyés des brisants de Quilbeu, près d'Houlvy. On craint de voir apparaître des visages dans cet enchevêtrement de cordes et d'algues, saisissant les restes de la nuit. Les femmes s'impatientent et tournent autour des pierres saillantes, regardent furtivement leurs voisines, espèrent avoir la première place à l'arrivée des matelots. Infime joie d'une longue journée qui s'annonce, pour celles qui seront servies en premier, les vieilles le plus souvent. Les plus jeunes en dernier.

Hiérarchie.

L'une d'entre elles, « la Dématée », dévaste sa vie de misère en buvant tel un cap-hornier. Sans homme à aimer – l'océan le lui a pris –, sans enfants à chérir. Elle en a mis au monde pourtant, mais chaque bouche à nourrir lui coûte du sommeil et le peu d'amour qui lui reste. Elle n'en a pas en provision. Elle braille fort son manque d'amour, elle aura donc l'aumône des pêcheurs : crabes sans pattes et poissons de second choix. Les femmes douces et résignées se taisent, elles encaissent. Elles n'essaient même plus d'avoir l'air un peu plus aisées qu'elles ne le sont, comme au début de leur mariage, quand elles croyaient encore au partage des richesses, dans ce monde qui nourrit et besogne sans relâche. Guerre perdue. Jeunes encore, elles trichaient un peu grâce à leur démarche légère, éthérée, qui leur donnait cet air fragile et fort à la fois des épousées qui traversent les brumes en accrochant la moindre lumière, le moindre éclat dans leur regard.

Elles, les femmes de l'aube, ne rejoindront jamais les femmes du plein jour, de la fin de matinée, qui vogueront tout à l'heure tranquillement devant les étalages de bric et de broc, badinant au marché et ne sachant trop comment utiliser leur temps.

Ce matin-là, quelques hommes comme Imanol, le sorcier, donnent à voir et à parler sur le quai :

— Qu'est-ce qu'il fait là ?

— Tais-toi, il devine tout. Il va nous lancer du malheur s'il nous entend.

— Tout ? Il faudrait qu'il y ait quelque chose à dire sur nous ! Qu'on ait un avenir.

La femme qui parle se redresse fièrement, le mouchoir à la main, secoue son nez bruyamment.

— Ecoute, j't'assure, il a le don de savoir, même le passé.

— Le passé, quelle importance pour ce qu'il compte ! Y a si peu à raconter !

Ce sont des statues de pierre aux marmonnements de patois insaisissables pour Imanol qui les regarde discrètement. Il sort peu de sa maison cossue et solide abritée par une haie d'ormes, située à quelques pas, vers l'anse sableuse de Crabec. Les gens viennent à lui, consultent ce visionnaire qui prodigue des conseils.

Le devin observe une jeune femme enceinte, en repli. Elle craint qu'il ne s'aperçoive des battements de son cœur, forts comme ceux d'un reste d'ouragan venant de passer sur les côtes et qui aurait laissé son corps sous le choc. Il ressent son inquiétude, ce qui le désole. Nombre de femmes sont devenues en quelque sorte ces filets abandonnés sur la digue, remplies d'accrocs, déchirées entre une envie d'ailleurs et l'impossibilité d'en choisir un.

Imanol s'empare de ce qui désempare. L'homme ne ressemble à aucun autre de ceux d'ici. Il reçoit beaucoup de désespérance dans son cabinet de divinité, dont les fenêtres laissent entrevoir les ailes d'un moulin à vent battant la mesure du temps des hommes. Certes, il y a peu de clientes parmi celles présentes sur l'une des deux jetées, à la marée. Il regrette qu'elles n'osent pas venir consulter ses prédictions, car ce don, dont il est le passeur, il ne le monnaie pas. Le savent-elles ? De riches notables reconnaissants, de Cherbourg et de Valognes, l'ont doté d'un solide capital. A cette jeune femme enceinte devant lui, il prédirait un fils gentil avec elle. Il lui conseillerait, le moment venu, de le laisser partir, car il est promis à une carrière de commandant. Celles et ceux qui se préoccupent de leur destin sont souvent les plus gâtés par l'existence, et ont plus le temps de réfléchir à leur avenir. Les femmes du quai n'ont pas une seconde à elles, du lever, au son des cloches de l'église, au coucher, annoncé par les lumières du phare de Gatteville. Ce tintamarre d'airain ne semble plus les atteindre. Elles l'ont à la maison quand le mari boit trop, gueule, tape trop. Quand, aux premiers mois de mariage, elles n'ont pas posé les frontières d'une vie calme et tranquille. Alors les rancœurs s'accumulent, les corps des femmes se transforment et vieillissent douloureusement.

Imanol sait reconnaître la souffrance dans cette synchronie impossible.

Lui aussi a aimé des femmes, ou cru les aimer, en vieillissant, chaque fois plus exigeant, plus compliqué. Il a tenté de chasser sa mélancolie tenace. L'authenticité et la fraîcheur de ses amantes lui tenaient si bien compagnie. Il les gardait une à une, serrées en lui, les coffrait en leur donnant l'aspect d'une pierre précieuse mais en oubliait la femme véritable qu'il avait devant lui. Son fichu caractère l'avait empêché de devenir père. Chaque aimée a jeté les armes, avant même qu'il n'ait eu le temps de tenter de vivre vraiment à deux. A chaque fois, pour récupérer l'amour qui se délitait, il cueillait à la lune pleine des petites pervenches et en extrayait un philtre qu'il donnait à boire à son aimée. Aucune n'est revenue. Cet envoûtement d'amour par les fleurs fonctionne pour ses clients mais n'a aucune prise sur celle qui habite son cœur. Il ne s'en étonne pas ; ses pensées renouvelées sans cesse ne le laissent pas tranquille un instant. Deviner, orienter, soutenir, écouter les tourments des autres ont fini par avoir raison de ses amours.

Au fond, Imanol n'est pas dupe et se connaît fâcheux, à se tourmenter, à y voir rouge pour un rien, à souffrir de ne pas se contrôler. Ce n'est pas le bonheur qu'il fuit, lui il peut le ramasser. C'est aimer qui l'indispose.

Alors qu'il n'avait qu'un jour de vie, grelottant et

seul, une personne l'a placé, anonyme, devant un guichet de nonnes, ce tourniquet en bois, entre les pierres, où les mères en désespoir déposent sans se laisser voir les nouveau-nés dont le premier cri ne produit pas d'écho au monde. Entre l'amour et la raison, recueilli comme d'autres dans une abbaye du Pays basque, il y a cherché les premiers mots, les premières caresses, il n'y a entendu que des chuintements d'enfants rendus muets par crainte qu'on les étouffe. Une mère dont il ignore encore le nom lui a laissé ses langes de naissance, une bague précieuse d'émeraude, de diamant et d'or, qu'il porte au doigt. Cet abandon lui a forgé un tempérament rugueux et indépendant.

« Tu es le fils d'un homme important », prétendait sœur Gabriela au cou de géante qui le cajolait plus que nécessaire, faisant de lui son adoré.

Quelle importance puisqu'il n'en sut jamais rien.

Puis, à trois ans, il fut confié à un riche marchand et à sa femme de passage, tous deux astrologues et voyants, installés au 5 rue de Tournon à Paris. A cet endroit avait habité une célèbre diseuse de bonne et mauvaise aventure, Marie-Adélaïde Lenormand. Ses parents adoptifs lui ont appris à lire dans les œufs cassés, le café, les cailloux jetés par poignées, et dans des cartes à jouer annotées à la main. Puis il s'était installé à Barfleur, dans une maison léguée par ses bienfaiteurs décédés, dans leur ville de villégiature.

Son métier tout en surprises l'apaise, même s'il

ne lui met jamais le cerveau en repos, toutefois cela ne lui suffit plus. Il veut maintenant devenir père. Voici la raison de sa présence sur l'une des deux jetées de Barfleur, à se laisser dépouiller de ragots par les commères.

Des hommes surgissent, d'une nuée, circulant entre les écueils bouillonnant d'écume et de rage.

— Tu veux quoi, le Basque ? demande le patron du cordier *Grand Cœur* en le voyant.

— Aller au Havre demain, peux-tu m'y amener ?

— On repart ce soir, tu feras la marée avec nous.

— Merci.

Rassuré d'avoir trouvé un transport, Imanol laisse ce petit monde de débarque travailler. Il s'éloigne avec la satisfaction d'accomplir bientôt la plus belle prophétie de sa vie. Le soir, il revient avec des provisions pour chacun des marins : rhum, vin blanc – rare dans cette contrée –, pain et rillettes. Il a aussi apporté sa gamelle ; quand le mousse préparera la matelote de divers poissons mélangés, il la dégustera avec eux. Les pêcheurs, teint buriné, yeux piquetés par l'air salin, dont les mains énormes se confondent avec les rames, hissent en criant les voilures des bateaux où l'on tient à quatre. Pas plus. Les chairs tannées, des hommes quasiment sans sommeil affrontent les vagues, les yeux perçants rivés sur l'horizon éteint. Dans une trappe devant le bateau, constamment ouverte et refermée, une statue de la Vierge et une bouteille de rhum, posées côte à côte, tintinnabulent. Les matelots en boivent une rasade toutes les deux heures, chiquent du tabac rangé dans leurs casquettes, se signent avant de ramener les cordes. Impossible par ce temps de maintenir une cigarette allumée. Bourdonnement du vide de la terre. La mer se heurte sur les coques.

Le cœur d'Imanol grandit. Il veut pour lui et l'enfant qu'il va chercher plus d'été, plus d'automne, plus d'hiver, plus de printemps.

Le Havre

Quartier Sanvic, sur les hauteurs du Havre, ville surnommée « la Porte océane ». Le devin du Val-de-Saire va bientôt rejoindre l'orphelinat du clos Sainte-Anne, rue Florimond-Laurent. Il connaît Eugène Simon, le directeur du bureau de bienfaisance, fondateur de la Ligue protectrice des enfants abandonnés. L'endroit, plongé dans les frondaisons trempées par la lumière de la Seine, grouille d'orphelins. Le clos Sainte-Anne n'élève pas les filles, or trois filles sont nées cette semaine, de trois mères aux histoires fragmentées.

Il pleut, une pluie de mitraille, laissant un goût de charbon dans la bouche. Les pressoirs à pommes et poires prédisent les belles moissons dans les campagnes alentour.

Sous les pailles de l'hiver, l'enfant dont il ne sait rien encore a été conçue. Il veut son rire, il veut apprendre à une fille à reconnaître les ondes de vie et à les décrypter. Il ne peut transmettre à un garçon, ou alors il perdrait sa puissance. Il va la choisir « elle », et écrire une partie de son livre brisé, en l'adoptant. Ses cartes et la configuration du ciel l'ont guidé vers ces trois nouveau-nés :

« *Dans le mois le plus court de l'année sans pleine lune, sera conçue celle qui portera ton héritage. Sous son talon est gravée fugacement la petite fendille en forme de pétale de trèfle, l'une des branches de la croix basque, celle du pays dont tu es issu. Dépêche-toi d'aller la reconnaître.* »

Du port, envahi par les livraisons de coton, il prend une calèche. Tout le long, il récite des phrases qui ne semblent avoir guère de cohérence entre elles. Il parsème le chemin de feuilles cueillies avant son départ dans son jardin. Elles reposent dans un linge blanc et fin sur ses genoux. Les feuilles captent l'énergie, se remplissent de vibrations, à qui il demande de l'aide pour choisir l'enfant. Il les caresse, en extrait le nœud de vie qu'il reconnaît en elles, mouvement de la tige vers le sommet. Elles frémissent sous ses doigts, « *la lune parle à la terre, écoute les feuilles te raconter cette nuit et viens vers moi, le jour* ».

En arrivant à l'entrée de l'orphelinat, il observe un garçonnet. Des employées lui apprennent à articuler mais le malheureux bégaye :

— Si tu ne peux pas parler, chante avec nous à voix haute !

Elles battent la mesure avec leur main tout en étendant le linge sur de grandes cordes offertes aux vents. L'air se soulève.

Un petit garçon rieur, muni d'une pelle et sur

les pas du jardinier, le salue, puis d'autres et des dizaines d'autres encore. Tous sont en attente d'adoption... Enfants désargentés, orphelins des crimes et des secrets d'une société les rejetant depuis des millénaires. Etres à peine nés, plus que vivants, plus que vifs pourtant. Ils tiennent à la vie, creusent en elle, le plus lentement possible.

Accompagné du directeur, Imanol monte l'escalier vers le dortoir réservé aux jeunes accouchées. Les trois mères des filles sont encore là. Odeurs de lait et de sang mêlées. La première, assez ronde, son maigre sac à la main et son manteau boutonné, s'apprête à partir. Son bébé n'a déjà plus de forces et il laisse sa mère disparaître sans un cri. Elle ne l'a pas embrassé. Imanol s'approche du berceau de l'enfant à peine vive, lui enlève ses langes et examine ses talons. La seconde mère, petite, fine, blonde aux yeux bleus, d'à peine vingt ans, plonge son regard dans le regard calme d'Imanol. Tout en lui tenant la manche, elle lui murmure :

— Prenez la mienne, monsieur, car je veux vivre.

Il la regarde avec douceur :

— Votre prénom, madame ?

— Mathilde.

Le bébé s'époumone. Impossible d'en discerner les traits tellement il est secoué de soubresauts. Ses coups de reins ont partiellement libéré son lange. Imanol sourit et caresse de son pouce plusieurs fois ses talons. Les orteils du bébé se recroquevillent et tentent de le retenir.

— Chut, chut, tu n'es pas contente, c'est normal, je te dérange.

La troisième femme pleure, sa mère essuie ses larmes.

Le directeur glisse d'un air détaché au visiteur :

— Cette enfant n'est pas adoptable, elle est déjà promise à la famille de celui qui l'a conçue.

— Je vais juste regarder ses talons si vous permettez.

Vivre. Mathilde, la plus jeune, a dit :

— Je veux vivre, je veux vivre en sachant mon enfant hors de la misère, hors des fragments de vie qu'on pourrait lui accorder dans un orphelinat.

Imanol salue les femmes. Les portes se referment. Bruits de pas dans l'escalier. Après une courte attente, une nurse vient chercher l'enfant de la jeune femme aux yeux bleus. Elle comprend que l'homme au chapeau élégant, à la canne précieuse, au parfum doux, a choisi. Elle tombe à genoux près du lit où elle a déposé sa fille :

— Prenez-la, prenez-la vite.

Elle l'embrasse, la lèche, la bénit de ses pensées. L'inconnu est venu la libérer de ce poids au ventre et aux os. De ce poids né des catacombes, de la semence du vieil homme chez qui elle a été placée comme domestique, et qui a abusé d'elle.

— Prenez-la, merci, merci.

Et d'un geste doux et simple la nurse prend le nourrisson. L'histoire de l'enfant commence ailleurs…

Par la fenêtre du second étage, Mathilde regarde l'homme partir avec l'enfant de sa chair, aux lèvres chaudes, aux mains, aux pieds, au ventre si mignons. Imanol se retourne en soulevant son chapeau, en lui offrant une attention, celle des élégants, des vieux géants.

Les paumes sur la vitre, Mathilde bouge ses lèvres.

Puis elle se recroqueville sur elle-même, soumise aux événements, pareille à un animal attaché à une chaîne. Elle bande ses seins, voudrait se libérer de cette douleur du lait qui monte pour nourrir l'enfant qu'elle ne peut élever. Elle voudrait arracher cette douleur de sa poitrine, mais elle se plante dans son cœur.

La jeune femme tourne encore autour de son lit, elle entrera bientôt seule dans un labyrinthe où sa fille ne se perdra pas avec elle. Elle range un savon, une brosse à cheveux et ferme son minuscule étui de toilette. Elle essuie ses larmes.

Mathilde n'attend rien d'autre. Parce que ne rien attendre c'est déjà espérer ressentir.

Retour à Barfleur. Les pêcheurs arrivent au port et rapprochent Imanol de son domicile en le débarquant près des grandes roches.

— C'est bon, Imanol, on est stable, tu peux débarquer.

Il enlève ses chaussures, les fourre dans son sac, marche pieds nus sur les rochers. Ayant retroussé son pantalon, il déambule dans les mares, glisse sur les lichens tapissant l'eau. Elle n'est pas si fraîche pour un automne. Bien calée dans ses bras, l'enfant, emmaillotée d'une couverture de laine sombre, ne bouge pas.

Le sable parleur de la nuit crisse sous ses pas. Rotation du sol. Imanol bute sur un caillou saillant. Au loin, sa maison vrille sous l'éclat d'une bougie posée sur le bord de la fenêtre.

Le vent martèle la terre. Alors, avant d'entrer chez lui, Imanol lève l'enfant vers la lune naissante. Les mains surprises de la nouveau-née se détachent, elle écarte les doigts. La lune baigne sa peau.

— Elle s'appelle Mathilde, comme sa mère. Nous la nommerons en langue basque Thilda.

Les étoiles fondent et engendrent un faisceau sur l'océan, une lumière qu'il reconnaît, lui le liseur du ciel. L'enfant vient d'être acceptée, il passe sa main sur son talon dont la marque commence à disparaître.

— Demain, je verrai comment le soleil t'accueille.

Barfleur, l'éphémère, l'improbable, déverse ses bruits venant de part et d'autre de l'océan, du ciel et de la Saire. De l'eau, de l'eau et soudain du vivant.

Crabec la douce, clairière de sable parsemée de galets. Imanol love le bébé contre sa poitrine et chantonne doucement. Il entre dans la maison bien tenue. Le lait de la chèvre est bouilli et plusieurs bouteillons munis de tétine sont posés sur des linges blancs. Au milieu de divers objets, des grimoires, des cartes de voyance.

Jean, valet et ami, a préparé une bassine d'eau tiède. Les deux complices se regardent et sourient. Courbés devant le nourrisson, les yeux remplis de générosité et de tendresse, ils soutiennent sa tête dodelinante. Ils savonnent avec leurs grandes mains et à tour de rôle ce petit corps à la peau fripée et sèche, lavant ainsi longtemps le chagrin de Mathilde, femme-enfant violentée. Puis ils essuient l'enfant, pressant leurs doigts sur un corps sursautant au moindre bruit ou mouvement brusque. Ils saisissent les larmes de sa mère dans les siennes qui coulent à peine. Enfin langée, nourrie, ils la déposent dans son berceau d'algues sèches, sous la couverture pourpre que Jean a cousue patiemment à l'aide d'une grosse aiguille après l'avoir garnie de laine d'agneau lavée à l'eau de pluie que la lune rousse a éclairée. Elle s'endort. Sur son visage apaisé, on remarque une traversée de sourires venant d'on ne sait quels souvenirs et qui appellent l'avenir. Assoupi, le bébé ressemble à une statue de bois blond qu'un ébéniste aurait taillée en prévision de lui donner un jour la vie. Les deux hommes restent longtemps à détailler sa petite bouche, pleine de mimiques, qui veut déjà parler. Son existence repose maintenant sur eux. Comme des pierres que l'on retourne, sans savoir ce que l'on va découvrir dessous, Imanol lui promet de faire sa connaissance sans la brusquer, pour inventer un nouveau monde. Bientôt, il lui montrera comment entretenir la chaleur du cœur des hommes, broder dans la nuit, broder le jour, graver leurs tourments sur les galets pour les confier à l'invisible. Bientôt, comme lui, elle extirpera du sous-sol des fêlures humaines, des lézardes qu'il scrute au travers des trous, et des carences de ce monde tout le beau, même fragile, que l'on peut extraire des épreuves.

Nous sommes en 1890, Thilda, fille adoptive du devin Imanol de Saire, attrape un morceau de nuage. C'est une enfant qui ne grandira pas sans amour. Elle naît une seconde fois, sans s'essouffler, sans mendier l'affection d'un hasard qui devient destin.

Chaque soir, tout le long de son enfance, ce n'est pas un livre que son père adoptif prendra pour lui lire des histoires, mais des cartes. Des cartes magnifiquement illustrées, grandes comme des mains, griffonnées et annotées par lui de signes mystérieux.

Dès lors, Imanol marche avec la lenteur des hommes qui ne craignent ni la vie ni la mort. Il côtoie les femmes sans plus aucune appréhension d'être abandonné par elles. Elles peuvent lever le menton vers lui, le pointer du doigt, murmurer à son passage quelques phrases moqueuses… Car il est devenu père. Thilda comble l'espace de son propre abandon, cette seconde du hasard dans son existence, cette loterie avec laquelle, comme tous les orphelins, il négociait sans cesse.

La Chose

Je n'ai pas connu Imanol, ou plutôt je le connais mal, même si on m'a beaucoup parlé de lui. Quand je vais sur sa tombe à Barfleur, une chaleur singulière m'enveloppe. Il m'a guidée jusqu'ici, m'a sauvée des ténèbres. Père de Thilda, je le considère comme mon grand-père. Il y a des photographies de lui à la maison. Grand, brun, on devine des yeux clairs et mobiles. Son chapeau et sa cape lui donnent un petit air d'Arsène Lupin. La taille, toujours serrée d'une ceinture de coton brodée, met en valeur ses reins robustes et ses jambes musclées. J'imagine sa voix de terre forte et ses manques, que l'on perçoit dans la mélancolie de son regard.

Mes rêves parfois perçoivent ses messages :

— Je sais qui tu es, la Chose, tu es celle qui rassemble les vies et qui console. Tu es mon enfant et celle des parents abandonnés.

Les parents abandonnés, ceux qui ne savent pas ou ne peuvent pas aller vers la tendresse. Leurs enfants prennent leurs mains et les caressent.

Imanol, Thilda et moi avons un point en commun qui nous a rassemblés : sitôt sortis du ventre chaud de nos mères, l'amour nous a fuis tel le printemps quand il retient encore un peu d'hiver. Trace insaisissable, mémoire sans véritable souvenir, impact dont on ne peut connaître à l'avance le véritable sens. Nos mères ne nous ont pas aimés près d'elles. Avec cet amour inaudible, nous avons fabriqué des larmes et de la joie.

Sorte de respiration dans le vide, celle de notre vie funambule.

Thilda

A Barfleur, la Normandie assemble la terre à l'océan. La vieille porte d'un puits, à voûte en ogive, au milieu d'un jardinet, s'ouvre mollement, chauffée par un soleil de septembre inhabituel. Thilda actionne le mécanisme, brisant au préalable la fine toile d'araignée se dressant devant elle. La chaleur de cette fin de soirée de 1945 se mélange à la fraîcheur de cette cabane de pierres rondes et grises. Autrefois, son père, Imanol, l'a construite après avoir ausculté le jardin à l'aide d'une baguette de noisetier et trouvé la source qui le fertiliserait. Il a fait construire à taille humaine cet abri pour l'eau de terre. Un liquide rafraîchissant en jaillit et s'y renouvelle, alors même que partout dans la péninsule domine, bouillonnante, l'eau de mer. D'ailleurs quelques heures avant les tempêtes, le puits prévient sa propriétaire de la colère des grands fonds et du ciel.

La grenouille des longues herbes se tait en présence de Thilda. Elle regarde calmement le seau couler dans l'eau lourde, elle aime ce moment réitéré plusieurs fois par jour. L'eau se régénère, reliée aux profondeurs et à la terre par le sous-sol, et communique à sa manière. Les mains de Thilda s'accrochent à la corde verdâtre ayant, à force de frottement, foré légèrement la margelle. Elle enlève des algues fines et gluantes collées à ses doigts en les essuyant à son tablier. Le seau remonté, son contenu est transvasé dans un broc blanc cabossé. Elle referme la porte en murmurant quelques mots au gros chat aux yeux verts qui l'observe :

— Napoléon, viens, mon matou.

Il la suit, langoureux, en se dandinant. C'est l'heure du repas. Rituel de l'heure du ventre. La femme, au corps fin, lèvres roses, joues douces, pose dans sa grande cuisine son broc sur le carrelage bleuté orné de léopards dorés, dénoue son tablier puis attrape les écuelles en bois où elle a placé quelques restes. Elle émiette du pain, verse le lait de leur unique vache coupé d'eau et les met sur le perron. Sa voix forte et puissante retentit dans la campagne, presqu'île avancée dans la Manche :

— Nigri feli ! Nigri feli !

La grenouille reprend son chant. N'y a-t-il pas plus seule qu'une femme avec des chats ? Le vent transporte sa voix puissante annonçant les félicités aux promeneurs, ses clients viendront bientôt la visiter et recevoir quelques enchantements.

Barfleur, encore anxieuse, est immobile, pelotonnée, sous les plâtras de la guerre. Des barquettes reviennent de la pêche, des voiles multicolores et dépliées se divisent.

Le calme ne la rassure qu'à peine.

Ayant entendu ses appels, trois chats viennent rejoindre le premier, ils se cachent dans la journée dans les végétations marines du bord de l'eau. Napoléon, Adélaïde et Idraël sont noirs. Ça ne plaît pas au voisin, qui y voit un symbole de sorcellerie. Il a lu que pour anéantir une sorcière on doit mettre ses chats qui portent malheur aux bateaux dans un sac et les jeter dans le feu lors de la Saint-Jean.

Mais la femme aux cheveux longs et argentés qu'elle tresse jusqu'à ses reins le regarde avec la bonté du monde. Comme il l'a surprise en train d'attraper les vipères à mains nues, il la surnomme la Miloraine.

Les miloraines taquinent souvent le moine de Saire, le naufrageur fantôme, qui, au cri de « sauve la vie ! » des marins en détresse, sort de l'eau et les entraîne avec lui vers les fonds instables. Ses fées se cachent dans les failles des falaises, leurs vêtements blancs fabuleux leur permettent de se dissoudre dans la brume et d'aller d'un point à un autre sans être vues. Des femmes ou des jeunes filles, à demi sauvageonnes, toujours espiègles, utilisent les arbres pour se déplacer rapidement en s'accrochant aux branches, grâce à leurs cheveux – les cheveux de Thilda n'ont d'ailleurs jamais été coupés.

A presque soixante ans maintenant, elle aimerait retrouver la mobilité qu'elle avait à vingt ans, quand elle arpentait les hameaux du pays avec celui qui l'avait éduquée, quand elle se cachait avec lui dans les arbres et en hauteur, pour mieux appréhender l'espace autour d'eux.

Aujourd'hui, dans le pays, la présence de la voyante est acceptée, comme on avait accepté la présence de son père et du valet Jean, tous deux morts l'année où la jeune femme s'était mariée avec un potier de la Hague, Marcel Valvachet. Un homme à la voix d'argile, sourde et fertile, comme celle qu'il pétrissait à longueur de journée avant de la cuire, dans son atelier. Une voix sage et rauque, douce et calme, celle d'un sage. Son amour, mobilisé en 1914, Thilda n'avait pu l'empêcher de partir vers une guerre qui l'a tué. Elle l'avait aimé seconde par seconde, en connaissant son tragique destin. Une voyante guide seulement pour que chaque moment de ce temps qui passe soit le plus profitable pour tous.

La guerre, avec son lot de saccages, avait été ressuscitée, par les mêmes hommes qui en avaient subi les chaos et la fureur vingt-cinq ans auparavant. D'un côté comme de l'autre, l'impossible équilibre. Dans la campagne et dans le village, les traces de la guerre bien visibles rappellent le départ précipité des envahisseurs l'an passé, à l'été 1944.

Ses chats miaulent de faim, tournoient autour de ses jambes. Un nouvel arrivé, plus chétif que les autres, blanc aux yeux bleus, lape sa portion, un œil sur le côté, le corps près de reculer si les autres viennent lui chercher querelle. C'est Joséphine. Alors qu'ils étaient encore chatons, et qu'elle avait décidé de les garder, Thilda leur avait enduit les pattes de beurre de sa vache, afin qu'ils ne vagabondent pas trop loin. Qu'ils reconnaissent l'odeur du lait qui les nourrit.

De son père adoptif, Thilda a hérité cette bâtisse grise aux volets argentés. L'un des poteaux massifs de l'entrée de la propriété, à laquelle on accède par un chemin égaré, planté d'aubépine et de chèvrefeuille, est surmonté d'un corbeau en fer forgé caressé par les feuilles d'un tilleul. Une inscription gravée dans le mur près d'une statue d'ange accueille les visiteurs : *Divinae nuncia pacis*, « Je porte le symbole de la paix ».

Les jours de ses consultations, la cartomancienne reste à jeun du matin jusqu'en soirée. Elle prend un bain dans son cabinet de toilette, se lave longuement avec une savonnette à la lavande. Elle s'essuie à peine avec un morceau de drap avant de s'allonger sur son lit jusqu'à ce que sa peau sèche.

Ensuite elle enfile des vêtements propres. Puis se purifie en buvant une tisane de racines mélangées, tout en surveillant l'approche de ses premiers visiteurs. Elle a aménagé dans son vestibule une salle d'attente, un guéridon avec un bouquet de lis et d'hortensias. La porte vitrée illumine l'escalier en bois. Quatre chaises attendent ceux qui ne veulent pas rester emprisonnés dans leur passé, ceux qui souhaitent surmonter leurs malheurs et espèrent un futur radieux.

Dans son salon mignonnement aménagé, elle offre des paroles réconfortantes aux cœurs brouillés. A leur arrivée, elle leur saisit les mains, les garde longuement entre les siennes, en leur demandant leur prénom, le nom de leur village. Elle les scrute dans les yeux avant de les inviter à s'asseoir. Les yeux sont le miroir de l'âme. Elle se concentre, n'entend plus l'abeille butant contre la fenêtre, la mouche virevoltant autour d'eux, la toux d'un homme dans la salle d'attente.

Sur sa table ronde et sa nappe blanche un jeu de cartes, très ancien. Les cartes sont gonflées et ne glissent pas bien entre elles. A ceux qui s'en inquiètent elle répond :

— C'est normal, elles ont absorbé beaucoup de vies.

Elle utilise un jeu de cartes singulier. Mademoiselle Marie-Adélaïde Lenormand, née à Alençon en 1772 et morte à Paris en 1843, l'a créé en lisant la mythologie et en analysant ses visions. Férue de grec et de latin, elle est allée aux sources des devins, lorsque les premiers hommes cherchaient déjà à comprendre d'où la vie venait. Le paquet de cartes est protégé par un cartonnage sur lequel on peut lire « véritables cartes » et distinguer le dessin d'une princesse orientale levant le bras droit. Le jeu est annoté. Imanol le tenait du vieux prédicateur qui l'a élevé.

L'un dont elle se sert également, plus petit, a séjourné toute une nuit sur la tombe d'Adélaïde Lenormand, continuellement fleurie et entretenue par des anonymes, au cimetière du Père-Lachaise, à Paris. Superstition qui veut que la voyante morte offre son pouvoir aux jeux qui la côtoient une nuit entière. Thilda et Imanol l'avaient veillée, à la belle étoile, en se cachant entre les tombes avec une couverture.

Thilda bat maintenant les cartes à la même place qu'Imanol auparavant et rassure. Mêmes mots, mêmes gestes :

— Ne vous inquiétez pas, je ne vois pas que les mauvaises choses.

Elle se concentre sur les questions posées. Pourtant, à l'odeur des gens, à la chaleur de leurs mains, au frémissement de leur peau, elle sait déjà. Le futur comme le passé se respirent, ils se gravent dans l'imperceptible de l'espace. Elle perçoit grâce à ses cartes des pulsations, des frémissements qui mis bout à bout donnent des images et racontent une histoire.

La voici soupesant le poids des cœurs, celui des âmes tourmentées, son cœur à cet instant bat lentement. Elle essaie de dompter l'abandon et le découragement, car si elle ne voit pas assez loin, le loin l'observe et prend le pouvoir, embrouille ses visions.

Lentement elle évoque les ombres, ce que l'on ne distingue pas très bien et qui se tapit sous les feuilles mortes. Elle rassure, interroge l'avenir quand le présent paraît orageux. Ses chats noirs, par les vibrations qu'ils initient, l'aident aussi à dire ce qui se répare, parce que presque tout se répare.

Sa journée commence par une promenade sur le sable. Durant quelques minutes elle écoute la marée s'éclaircir dans les petites mares autour d'elle. Ce clapotis l'enchante. Elle regarde distraitement les femmes fouiller les rochers. Elles pêchent à l'abri dans l'anse. La mer, calmée par la nuit, à cette heure matinale cesse de gronder. Contrairement aux femmes, Thilda est bien chaussée. Elles ont garni leurs sabots de lambeaux de cuir et de tissus divers afin de tenir tête au froid et à l'humide. Parfois, elle en voit tomber lourdement dans les roches. Dans un cri, elles se relèvent en marmonnant contre leur vie difficile mais elles doivent continuer en dépit de la douleur de leurs reins courbés. Après quelques heures, les hottes pleines, elles remontent vers le village à tâtons, déjà usées par une matinée d'efforts physiques sous un froid mordant. Barfleur, arrondie, ouvre peu à peu ses rues dans ce sens de la marche, étroites près de l'eau pour se protéger des tempêtes. Les architectes des maisons ont voulu barrer ce vent qui emporte et ne retient rien. Le village semble désempli de ses habitants, malgré les fumées qui s'échappent des nombreuses cheminées. L'armée d'occupation allemande vient d'être chassée de Normandie et pourtant, sa présence enserre chaque pas. Autour des échoppes, les Barfleurais se retrouvent de l'autre côté d'un avenir plus radieux, la vie va reprendre son lot de liberté. Les éclats de voix d'enfants, les cris des mères, mélangés aux voix des Américains, sont plus clairs, plus heureux, plus éthérés. Futur fragile après tant de supplices.

Thilda aime sa ville, aime l'air d'ici. Avant d'aller chercher quelques provisions, elle s'arrête chez son amie Yolande, la couturière, rue Saint-Nicolas. Elles boivent un tilleul en évoquant leurs souvenirs communs de la Première Guerre. Yolande a subi la peur et l'appréhension, a eu à souffrir de la disparition de ses frères, de son promis et de leur absence.

Thilda rentre vers dix heures et retrouve son beau-frère, Roland Valvachet. Ce dernier vit avec elle depuis qu'elle est veuve. Il a ses quartiers dans l'aile droite de la villa léguée par Imanol. Roland s'entend vraiment avec cette femme originale que son frère Marcel a épousée malgré le refus des parents. Une voyante dans la famille, une femme qui trafique avec le démon, et pourtant... Tous apprécient cette excentrique portant le veuvage depuis 1917 et sans faillir. Robe noire, manteau noir, chapeau noir, gants et chaussures sombres, corps svelte et tonique. Elle a la voix rauque et feutrée. Un timbre et des mots que l'on n'oublie pas, ils s'enrochent et on s'en souvient.

Marcel Valvachet, son mari, est mort émietté dans les tranchées de la Première Guerre mondiale, brûlé dans la guérite où il veillait. On raconte qu'il n'est pas mort sur le coup, son agonie a duré des jours.

Roland se souvient quand il a appris la mort de son frère, il se remettait de son amputation à l'hôpital de Guingamp. Il a offert à Marcel chacun de ses « premiers » pas. Puis avant de marcher totalement avec sa prothèse, il s'est redressé, en mémoire de son frère. Pour que quelque chose continue de survivre au travers des souvenirs d'enfance. Leur chasse aux hannetons, leur pêche à la lune, leur barque mouillant dans le port du Houguet. Leurs parties de plongeon avec les casiers dans les grands fonds agités. Garder ces souvenirs d'enfance, dans une vie à boiter, avec ce qui lui restait de dignité. Pour que leur père et leur mère, qui guettaient le retour de leurs trois fils, ne perdent pas tout dans ce rien de l'absurdité d'une guerre.

Le père Eugène Valvachet, paysan de la Hague, en avait payé des tournées pour la naissance de ses fils. Aveuglant les voisins de sa joie, il en avait mis plein la vue à tous : trois paysans pour sa ferme ! Patriote, il était allé réclamer son ordre de mobilisation pour partir avec eux, mais on ne voulait pas de vieux hommes. Les frontières de la France avaient besoin de sang frais. Auguste, le benjamin, la peur au ventre après qu'un de ses frères fut tué et l'autre estropié, la fleur au fusil piétinée à vingt et un ans, avait pourtant tiré le moins mauvais des lots au moment de sa mobilisation : le ticket pour la campagne « Meuse-Argonne », en compagnie des enfants de l'oncle Sam à l'été 1918 arrivés en renfort. Il avait rejoint de jeunes Américains recrutés à grands coups d'affiches où est représenté l'oncle Sam pointant du doigt la jeunesse plus que vive et l'exhortant à rejoindre l'Europe :

— *I want you for US Army* : j'ai besoin de vous pour l'armée américaine.

Des milliers jetés là dans les boues, les matrices terreuses et dégoulinantes d'un pays mutilé, d'une Europe déjà incohérente, ayant oublié ce que le mot solidarité veut dire.

Revenu entier, musclé, vivant, Auguste s'amusa quelque temps à susurrer des « I love you » à ses amoureuses de la Hague. Ce « je t'aime » de ses compagnons de tranchées.

Lorsqu'il a regagné la ferme familiale, en mai 1919, ayant reçu tardivement son ordre de démobilisation, les femmes rêvaient déjà de s'installer en ville et cherchaient plutôt des fiancés ayant l'ambition de devenir des ouvriers à l'arsenal de Cherbourg. I love you ou je t'aime n'eurent pas d'écho.

Roland, muni d'une prothèse, avait rejoint la maison de Thilda, où l'attendait l'atelier de potier de Marcel. A la ferme il n'aurait plus servi à rien de toute manière. Les deux survivants avaient pensé ne jamais fonder une famille ; aucune femme ne désirant d'un éclopé comme époux ou d'une place dans une ferme isolée à vent, à vide de falaises. Blessés de corps et d'avenir, résignés, le bonheur ne serait pas pour eux. Les deux frères l'évoquaient souvent : le bonheur ressemblait à une femme gaie et rieuse, celle que tous dans les tranchées se racontaient. La femme, la petite femme chérie, l'épouse, la mère, et ils la verraient vieillir du premier jour jusqu'à la dernière nuit. Ils se rêvaient en train de courir, avec leur amoureuse, essoufflés, arpentant les chemins d'une beauté presque imaginaire. Thilda les aurait suivis et, ensemble, ils auraient recomposé une famille. L'aube chassait cette idée de l'amour, les laissant sur le bas-côté d'un futur dépouillé. Ils avaient passé l'âge tous les deux, l'âge du rêve, l'âge de la pleine santé, de la jeunesse. Leurs illusions les fuyaient. Et c'est au moment où ils avaient abandonné la partie de désir qu'ils les rencontrèrent, les deux femmes de leur vie, aussi amusantes et précieuses qu'espérées.

Deux sœurs, deux Bretonnes

A la faveur d'un bal champêtre en 1931 à l'occasion du lancement d'un bateau des chantiers Bellot rue du Puits, les vieux garçons, Roland et Auguste, approchent deux sœurs de Nantes. Elles sont venues en vacances chez un oncle et une tante antiquaires à Valognes et propriétaires d'une maison de villégiature, donnant sur le bassin du commerce de Barfleur. Elles dansent si bien, si singulièrement. Leurs robes bleu clair s'affolent à chacun de leurs pas. Aussitôt repérées, Auguste et Roland sont tombés amoureux des Bretonnes Madalen et Aëlle, de dix et neuf ans leurs cadettes. D'un coup comme un dernier fracas sur la jetée avant le calme, ils les prennent en plein cœur.

Madalen a le corps des arbres jeunes. Souple, elle se plie et se déplie passionnément vers les êtres et la nature qui l'accueillent, légère, longue et mince, brune, ses cheveux méchés sur ses joues lui donnent un air de gravure de mode.

Aëlle, plus petite, est tout aussi légère et gracieuse, plus fière aussi. De la rousseur douce des renardeaux, ses cheveux filtrent la moindre lumière.

L'aînée est institutrice, la cadette, vendeuse. Leur destin se scelle en quelques heures entre pas de bourrée et pas de rigodon. Mélange de deux danses de pays qui ne s'apprécient guère, mais se cherchent sans cesse, entre chansonnettes de bergères normandes et de matelots bretons. Les jeunes gens s'embrasseront finalement sur la joue, lors d'une polka.

En fin d'après-midi, installés dans un café un peu à l'écart du bruit, les deux couples reprennent leur respiration. Timidement, Roland roule entre ses doigts les miettes de sucre posées sur la table de verre en écoutant la sœur plus âgée. Madalen évoque son métier, ses élèves à qui elle apprend à lire et qui chantent si bien. Elle lui parle des pédagogues de l'Est dont elle s'inspire. Il imprime dans sa mémoire leurs noms, Bakulé, Pistrak, pour se renseigner plus tard sur eux. Si elle ne connaît pas la poterie, elle sculpte l'argile. Naturellement Roland trouve ce point d'accroche pour l'attirer chez lui, en lui proposant de venir à son atelier lors de ses séjours sur Barfleur. Elle accepte. Il détaille son manteau d'un bleu indigo dont la teinte rare ici le captive, il avale sa salive à chacun de ses sourires. Les musiciens assoiffés les ont suivis et, après un rafraîchissement, ont repris leur concert dehors. Cette musique l'arrange car Madalen parle un peu trop vite pour lui et il n'arrive pas à suivre sa conversation. Il n'a plus l'habitude de discuter avec les jeunes femmes depuis qu'il a passé l'âge de se marier. A presque quarante ans, il rêve des femmes sans les approcher, aucune n'a semblé vouloir d'un éclopé de guerre.

Habitué à la voix de Thilda, sa belle-sœur calme et tempérée, il s'émerveille à écouter le son énergique que produit celle avec qui il vient de danser maladroitement. De temps en temps il réajuste sa jambe de bois ; les yeux de Madalen suivent son mouvement sans aucune forme de jugement.

Tout à l'heure, elle a posé sa cuisse contre la sienne de façon à le soutenir. Il a su, ou au moins fortement espéré, que ce corps musclé et svelte serait la première peau de femme qui viendrait se mélanger à la sienne. Sa peau fraîche soulève son cœur d'une impression insaisissable. Il est timide, Roland, et les ondes qui le traversent grâce au contact de cette fée, tombée on ne sait comment près de lui ce dimanche de fête, enfantent le tracé d'un chemin inexploré. Car Madalen a rapproché son genou recouvert d'un bas clair, si près de celui de Roland qu'il perçoit à travers l'épais tissu de son pantalon sa chaleur.

Les deux sœurs, suivant le tempo de la musique, bercent leur torse sur la banquette en chantonnant. Auguste saisit la main d'Aëlle qui ne le repousse pas. Ils jouent et se chamaillent déjà. Auguste décrit la ferme des parents Valvachet en pleine nature, à flanc de falaise, comme un endroit idyllique. Il la ferre avec son éloquence, son charisme. L'homme, pense Aëlle, est vraiment irrésistible : sa peau mate, ses longues mains abruptes, sa bouche si rose et ses dents fraîches, ses reins forts l'attirent. Débordant de vie, il n'a pas l'air de tricher. Son regard ne lui laisse aucun répit, il la dévore. La jeune femme troublée sait qu'il la capture, l'envoûte, et cela lui plaît terriblement qu'un homme aussi beau la désire.

La pluie ordinaire s'invite, le dimanche prend fin et le vent les emporte tous les quatre. La rue lavée par les bourrasques devient dangereuse, les filles se pressent l'une et l'autre contre le paletot des deux frères qui les ramènent jusqu'à la porte de leur villa. Ils pensaient rester de vieux garçons et il a suffi de quelques heures pour que leur destin se lie à celui de ces deux jeunes femmes adorables.

Le dimanche suivant, avant leur retour à Nantes, sur le quai de la gare, premier baiser pour Roland, le mutilé, et premier bouche à bouche avec une femme au rouge à lèvres à la saveur de rose de Madalen, l'aînée.

Plus téméraire, Auguste a déjà goûté aux lèvres des femmes. Celui d'Aëlle n'a rien d'un au revoir craintif, elle le reçoit à pleine bouche. Ses yeux à lui s'éclairent si intensément qu'Aëlle sait qu'elle ne pourra pas résister à ce géant des campagnes qui connaît bien la musique du corps des femmes, celle du désir et du plaisir.

Il est entré en contact avec des prostituées durant la guerre, il a encore le goût d'Yvonne à Amiens et de Maria à Epernay. Des jeunes femmes à qui les soldats donnaient du « demoiselle ». Deux filles perdues, proposant des tarifs à rallonge, selon les services, services de nuit, dans le lit « tout à fait ou pas », nue ou pas nue, bougie ou pas bougie, caresses à la minute. Pour cinquante sous, redevenir un homme, sortir du « sous-terre ». Tarifs du prix d'amour. De ce ferment, l'agriculteur a gardé un don d'amour.

Tous les quatre se promettent de se revoir. Comme dans un livre, le train à toute vapeur éloigne les deux femmes qui agitent leur mouchoir. Auguste, le cœur rempli de promesses, embrasse son frère, et rentre conquis jusque dans sa ferme dans la Hague, sur son attelage.

L'été suivant, elles reviennent avec dans leur regard les promesses des lettres échangées. Qui des quatre tiendra ses serments ? Peu importe, après les baisers, est venu naturellement l'échange des corps, l'alliance des peaux. Chacun s'engageant à porter les souffrances et les joies de l'autre, la force d'être deux.

La destinée

Les deux sœurs imaginent maladroitement Thilda, elles se font une idée assez terrifiante d'une femme pouvant lire le destin. Elles ont entendu parler d'une sorcière très connue que l'on surnommait Naïa, habitant autrefois les ruines du château de Rieux dans le Morbihan. Leurs oncle et tante qui les ont recueillies au décès de leurs parents collectionnaient des cartes postales anciennes la représentant, photographiée par l'écrivain Charles Géniaux. Taille courte, grande tête, souliers en cuir, yeux opalins, rides profondes, mains de géante, bâton épineux et brillant. Cette créature dont on ne sait ni la date de naissance ni la date de décès portait le même nom de famille qu'elles. Elles sont nées Kermadec. Le père de Madalen et d'Aëlle l'avait même rencontrée très jeune, lors d'une noce qui avait duré trois jours, en pays de Questembert. La possibilité d'apercevoir Naïa amenait beaucoup de curieux au début du siècle à Rochefort-en-Terre. La sorcière se cachait dans les souterrains, avait le don d'ubiquité, ne prenait jamais les chemins.

La femme du sous-terre ne laissait personne aller vers elle, c'est elle qui allait vers ceux à qui elle voulait adresser un message. C'est ce qui se passa pour Maël Kermadec. D'un buisson elle surgit et tira vers elle l'enfant. L'appelant par son nom et prénom, il l'avait suivie :

— Viens, Maël Kermadec, tu peux avoir confiance. Viens près de la vieille qui porte le nom de ceux qui sont protégés par des puissances plus fortes que la mort.

Adossée à un mur étouffé par du lierre, entourée de gamelles et d'ustensiles variés, elle lui fit signe de s'approcher d'un feu mouvant perforant les yeux et dans lequel elle jetait des feuilles et des tiges sorties de la poche de son tablier. Le feu parlait, émettait des sons. Le petit Maël, fasciné, incapable de s'enfuir, fixa son regard sur les images que produisaient ses braises : un bateau (il deviendra comptable chez un armateur de Nantes mais aussi les parents d'Aëlle et de Madalen se noieront, alors qu'elles n'avaient pas encore quinze ans, lors d'une promenade sur le petit cordier d'un ami ; une déferlante, formant une vague de fond sur la barre de sable d'Etel, les chavirera), une grande falaise balayée par les vents, des cris de femmes, une danse bretonne, une petite fille calme au visage triste et sale. Toutes ces visions le hantèrent durant sa courte vie.

Sidéré, il avait attendu que le feu s'éteigne. Naïa riait en baragouinant un langage inconnu de lui.

Après avoir fourgonné les cendres, elle les racla un moment avec une pelle en ferraille. Les cendres s'envolaient et elle les accompagnait avec des mouvements amples. Ses bras s'allongeaient pour les accompagner et elles retombaient sur ses vêtements. L'enfant, n'envisageant pas même de se sauver, la laissa plonger ses yeux transparents dans les siens et elle se mit à prédire à haute voix :

— Tu es le dernier des Kermadec, entends-moi bien, je vous survivrai à tous. Ce nom n'appartient plus à personne d'autre qu'à moi.

Lors des veillées, il racontait cette rencontre singulière avec cette femme qui ne ressemblait pas à une femme, et qui prit fin lorsque sa famille affolée l'avait retrouvé griffé, des heures après sa disparition, les genoux en sang recroquevillé dans un buisson, après avoir erré et trébuché dans les landes de Lanvaux.

Si elle lit dans les cendres, Thilda ne ressemble aucunement à une sorcière, comme celle rencontrée par Maël Kermadec autrefois. Thilda pourrait passer pour un être ordinaire si ce n'est la posture de sa tête singulière et son regard perçant. Elle n'effraie pas. Ses poches sont remplies de talismans et de pierres minuscules qu'elle ramasse sur la grève. Elle aime porter les cheveux longs qu'elle noue avec des baguettes qu'elle range dans des linges blancs. Rien de bien impressionnant. La prophétesse de Crabec n'a pas accueilli les deux sœurs sur une couche de lierre auprès d'un feu endiablé, mais dans un salon cossu, agréable, donnant sur une terrasse où veille un vieux tilleul biscornu mais solide. Elles ont bu du thé, les hommes eux les ont laissées toutes les trois. Elles se sont appréciées naturellement.

Thilda, grande amie et complice des frères Valvachet, ravie de cet affolement des cœurs, devine l'urgence d'assembler ces couples du hasard. Elle veut saisir l'aubaine, sous cet apparent trop tard pour ses deux beaux-frères déjà âgés, à la manière de cette veine fluide et gracieuse que l'on entraperçoit parfois, lumineuse, sous le sable au-dessous des pierres lourdes et qui laisse voir la douceur de l'eau.

La magicienne invite son petit monde pour un déjeuner sur les mousses vertes, dans le bois de Maupertus. Ils grignotent sous l'arbre des fées, le plus vieux des hêtres, là où Imanol l'avait unie aux esprits de la forêt, ceux qui résistent aux vents. C'est son tour d'invoquer la magie pour que dure l'amour de ses quatre protégés. Durant un long moment, tous les cinq forment une ronde autour du tronc de l'arbre, prennent contact par la sève et les racines avec l'invisible. Plus tard, dans un petit feu de brindilles, Thilda brûlera le gui cueilli sur la branche donnant à l'est, sur le levant. Elle recueillera les cendres et demandera à chacun d'eux de les éparpiller en faisant un vœu…

C'est la fin août 1932. La journée est gaie, remplie de moments fous. Aëlle a reçu un léger coup de soleil sur ses joues, Auguste les lui frotte doucement, les embrasse. Elle crie de joie et de plaisir. Madalen et Roland demeurent longtemps l'un contre l'autre sans rien se dire, ils profitent simplement d'un côte-à-côte bienveillant.

Au moment de rentrer à Barfleur, alors que les affaires sont rangées dans l'attelage, Thilda comprend qu'on l'interpelle. Le cheval s'impatiente, Auguste lui ordonne d'avancer et fait claquer son fouet. Thilda regarde droit devant elle, mais ses pensées s'agitent, elle tourne la tête, les mains jointes sur sa longue jupe. Elle sourit pour ne pas montrer son trouble : « *Amoureuse, viens sous le grand arbre des femmes, viens pour que les fées t'avouent ton destin. Elles iront chercher ton cœur, bat ton cœur bat. Regarde qui s'invite au moment du départ pour connaître la couleur ou la douleur de cet amour.* »

D'un grand frisson, deux corbeaux se sont posés sur les branches et fixent orgueilleusement Thilda dont les yeux se sont remplis de larmes. Elle se souvient du jour où elle et Marcel avaient été présentés aux fées et sa gorge se serre à l'étouffer : le visage d'Imanol avait pris soudain le masque d'une joie surjouée devant une volée de corneilles, le même que celui qu'elle s'oblige à inventer à l'instant face aux quatre amoureux.

Le cœur des femmes

Aëlle, la mignonne, hésite à épouser Auguste. La Hague où il exploite sa ferme avec ses parents lui semble austère et trop isolée. Il l'accroche donc à son corps plus qu'à ses promesses d'une vie en pleine nature. Au désir et au plaisir. Ils vont avec Roland et Madalen graver les initiales de leurs prénoms sur le tronc du noyer hors d'âge surplombant la presqu'île. Les leurs se mélangent à d'autres couples de lettres. Très vite, pour retrouver ces moments intenses d'intimité, elle quitte son poste de vendeuse dans le magasin Lefèvre-Utile du centre-ville à Nantes et s'installe avec lui chez les beaux-parents. Tablier et gants blancs rangés. Plus de bourgeoises à accueillir mais des vaches à soigner, elle « change de troupeau ». Elle échange son joli tablier et ses tailleurs à ses mesures pour de lourds tissus et chausses qu'elle enfile sur ses collants de soie qu'elle se jure de ne jamais abandonner. Elle les abandonnera pourtant. Ses habits prennent l'odeur de l'étable, mais le soir, nue, le corps contre celui d'Auguste devenu son mari, elle tente de se raisonner et de vaincre ce sentiment de délaissement rocailleux qui déjà la dévore.

Madalen, elle, rejoint Roland à Barfleur juste après sa mutation dans la Manche en 1933. Et tombe enceinte aussitôt. Elle accueille dès qu'elle en a l'occasion sa sœur dans la maison qu'ils partagent avec Thilda. Au début Auguste l'accompagne, mais très vite Aëlle vient seule.

Contrairement à son aînée, Aëlle regrette son choix. Ses rêves d'une vie sauvage tournent court, son existence devient trop rude, rustre même, et ce, trop rapidement. Mal accueillie par les femmes du pays, sa sœur lui manque. Malgré l'amour de son mari et la bienveillance de ses beaux-parents, elle ne parvient pas à s'attacher à sa nouvelle vie. Auguste la baigne de sollicitude, elle en est heureuse, mais l'enfant ne vient pas. Alors, trop impatiente, elle va refuser son corps à cet homme aux promesses infertiles, et Auguste devient sombre.

Thilda, la généreuse, a toujours su, par son métier de « destinée », que l'amour est le mot d'usage qui trop souvent ne retient rien. Elle observe, arrondit les angles. Elle rassure inlassablement Aëlle lorsqu'elle lui parle de ses soucis de couple :

— Prenez le temps de mieux vous connaître. Vous devez inventer un nouveau monde.

Aëlle est vraiment découragée :

— Thilda, quand je suis arrivée dans la Hague,

j'aurais dû enduire mes pieds de petites mottes de beurre, comme tu le fais pour les chats pour les garder près de toi afin qu'ils reconnaissent l'odeur du lait qui les nourrit. Alors, peut-être, cette terre m'aurait adoptée.

— Sois patiente, Aëlle, sois patiente.

Aëlle pense être dégagée du souvenir de Nantes, la ville des armateurs, des négriers, des marins ivres, aux matins grisés. Lui reviennent le tempo du tramway, les cris des passants, les sabots des chevaux sur les pavés, l'odeur des gâteaux tièdes qu'elle vendait en gants blancs, quelques années auparavant, chez Lu, les boîtes jouets qu'elle remplissait sous le sourire mouillé des enfants. Les rondes bretonnes et leurs fantômes la hantent la nuit, les couples de sonneurs, les bombardes, les binious, ce cri de terre comme la voix âpre des condamnés l'appelle, la supplie de revenir. Dans son corps, les danses surgissent sans prévenir ; son pays ne l'oublie pas. Ce saccage qu'afflige la mémoire sort de sa valise, et si elle la secoue trop fort, il lui vient l'envie de repartir avec elle. Elle n'en peut plus de l'odeur chaude des étables. Elle veut revoir les vieilles maraîchères édentées, plongeant leurs mains dans leurs paniers, pesant leurs légumes à la tête du client, agglutinées autour des douves du château d'Anne de Bretagne. Elle veut encore entendre le frottement de la roue du rémouleur de la place Royale et la vieille Ursule, la chiffonnière, annoncer son arrivée le dimanche en sifflant comme un homme. Aëlle souhaite rejoindre les personnages de sa mémoire, qui, depuis son mariage, ne grave plus rien, puisque son nouveau pays lui semble désertique, inhabité faute d'habitants. Rien d'autre que des journées routinières, ritualisées par les soins aux bêtes et les travaux des champs.

Thilda voit poindre les pires tumultes pour cette jeune femme désemparée. Aëlle a choisi lors de son premier tirage de cartes, celui qui compte vraiment, le neuf de pique et le trois de pique : la mort va la saisir jeune. Une fin brutale matérialisée par le dessin du trois de pique : des fils de l'existence sectionnés par l'une des trois Parques. Ces divinités du destin nées lors de la nuit à l'enfantement du monde. Trois sœurs fileuses. Nona fabrique le fil de la vie, Decima le déroule et Morta le coupe à l'aide de ses ciseaux. Associée au neuf de pique, la carte de la chance quitte celui ou celle qui s'en saisit. Le fil de la vie de la jeune femme pourrait être coupé bien trop tôt. Les deux cartes noires ne s'accordent pas. Aëlle, la rieuse, la courageuse, soulève des enfers ses maigres instants et Thilda ne sait pas comment l'aider à les retenir. Ce trois de pique l'obsède et la crucifie, sans toutefois pouvoir entrer en dissidence par rapport à ce qu'il présage : la fuite du temps inexorable.

Dans les cartes d'Aëlle, une prophétie la tient en alerte plus que toutes : un être humain, mystérieux, qu'elle ne connaît pas encore, va lui être confié. Les cartes le tambourinent : il y a un enfant plus isolé, plus abandonné que les autres, de ceux qui fouillent dans les cicatrices de la terre. Thilda devine qu'elle et Roland seront les deux survivants d'un jeu de cartes qui ne peut éviter ni l'amour ni la mort et qui tend le dos au terrifiant, à l'infâme. Ce moment où toutes et tous vont disparaître arrivera lorsque l'humanité vendra son âme aux consciences noires. Le cœur des femmes arrachées à leur pays cessera trop tôt de respirer : les cartes l'affirment.

La voyante du Val-de-Saire ne peut rien empêcher. Elle a bu l'amère boisson que son père avait préparée qui l'avait assemblée aux puissances invisibles, inaudibles et sensibles.

La Chose

Les trois Parques symbolisent les rythmes de la vie qu'impose la fatalité. Pour qu'une personne ne meure pas, qu'elle soit arrachée à son destin il faut que ce soit en échange d'une autre vie et ce sont elles qui choisissent. Vie contre vie, mort contre mort. Les trois fileuses représentent le destin immuable, elles le dirigent et le contrôlent. Thilda n'aimait pas cette carte et quand celle-ci apparaissait le visage de la voyante se couvrait d'un air navré.

Ses yeux allaient chercher la sagesse et ramenaient l'océan, et parfois, je l'ai vue abandonner. D'un regard, elle m'habillait d'une robe transparente d'eau de mer. Elle avait le pouvoir en mettant sa main sur mes cheveux de faire taire les serpents imaginaires posés sur ma tête. Ils m'imposaient leur monologue, me tourmentaient sans cesse. Elle seule avait le pouvoir de les chasser. Lorsque Thilda me racontait ce qu'elle avait appris d'Imanol, de ce qui sur cette terre ne se voit ni ne se touche, ses yeux se voilaient d'un halo mouvementé ressemblant à des feuilles malmenées par des bourrasques. Multiples segments de tout ce qu'elle avait emmagasiné d'imperceptible des mémoires anciennes et futures.

Ses mains chaudes donnaient une énergie incroyable à ceux qu'elle côtoyait. Il y avait chez Thilda un mélange de douceur et de fermeté. Le diable avait dû se casser les dents bien souvent en voulant pénétrer dans sa maison. Furieux de ne pas être le bienvenu, il était entré par la petite porte, ce minable, ce lâche, ce vampire.

Il lui avait pris ce qu'il avait pu prendre. Ce détrousseur.

Alors quand elle a su pour moi, quand son grand jeu de cartes l'a prévenue, elle m'a cherchée et, du dessous du sol, m'a remontée à peine vivante. C'est vrai, je respirais à peine.

Je ne pouvais pas être touchée par le démon, car un démon m'avait conçue. Personne n'a pu m'enlever à l'amour de cette femme, à sa protection, à ce contretemps de tendresse.

Ce démon ne pouvait pas tuer son enfant deux fois.

Enfuir l'hiver

De son union avec Madalen, Roland cherche la beauté de sa jeunesse laissée au front. Son sourire restitue les âmes des camarades morts pour une guerre déclarée pour des broutilles. Lui, l'air toujours sombre, tordu par la douleur, avec ce corps pas content qu'il traînait avant de la connaître, aussi lourd que des éclats d'obus. Elle, de lui apprendre qu'il est peut-être né pour rendre belles les femmes, leur donner l'éclat si particulier qu'elles ont, quand, amoureuses, elles marchent, lianes, vers l'horizon. Avec ce dodelinement délicat qui annonce souvent les moments denses. Le corps léger, le corps arrondi, a pris racine, le corps qui appelle à la vie, à la danse.

Lui, de lui donner de l'amour, se délestant d'une peau qui peu à peu se déleste de la boue et de la terreur. Restituant cette puissance emmagasinée par toutes ces années de colère que le sexe de Madalen est venu lui extirper. Et de se laisser aimer. Il aime faire disparaître ses pieds minuscules et ronds dans ses longues mains abîmées de potier, enfouir son corps rempli de plaies dans son corps lisse. Elle, son institutrice, lui a dit oui, et ce « oui », il espère en faire plein de choses, le domestiquer sans trop en rajouter, prendre soin de ne pas le brider trop vite.

Ils ont pour eux quelques années d'heures et d'amour.

Jusqu'au drame. Jusqu'aux drames…

Cette vie de paix ils l'ont peau à peau. Oui, ce mot si court, ce « oui » posé là, celui avec d'autres, donne des regrets et des espoirs. Mais isolé, seul, il reste l'un des mots les plus puissants à prononcer.

En 1934, un adorable petit garçon est né, un brun espiègle aux yeux gris interrogateurs. Le petit Joseph rend le sourire à Eugène et à Louise Valvachet, ses grands-parents, même s'ils ne le voient pas souvent. La pointe de la Hague étant éloignée de plusieurs dizaines de kilomètres de celle de la Saire, ils viennent autant que possible le regarder grandir dans la belle maison où flotte ci et là la présence de leur fils aîné, Marcel. Sa bicyclette, sa hotte de pêche, ses outils de jardinier et son atelier repris par Roland n'ont pas changé de place.

Grâce à l'arrivée du petit Joseph, les choses se rassemblent pour la famille Valvachet.

On imagine peu ce qu'un homme, lorsqu'il marche, pèse d'instants et de souvenirs. C'est dans une intensité de tendresse simple que Roland vit près de Madalen. Ils n'espèrent rien d'autre que cette vie au son déchaîné des éléments, chaque jour transpercée par un soleil de métal venu des grandes terres du Nord pour sommeiller les hommes, les surprendre, les réveiller, les rendre meilleurs parfois. Ils ne rêvent pas, ils avancent ensemble avec Joseph et Thilda et un fourmillement d'amis, d'artisans et de clients pour les poteries, des visites qui ritualisent leurs journées et leurs saisons. Ce lieu, cette maison léguée par Imanol, grande et claire, les protège de l'ennui et d'un silence trop monacal. Les dessins d'enfants, ceux de Joseph et de ses camarades, tapissent plusieurs murs. Il y a les livres que Madalen rapporte de Nantes, des pleines valises. Ils s'échouent désormais un peu partout sur les guéridons et les étagères. Livres d'enfants, livres d'adultes, livres heureux ou tristes qui racontent mille histoires, mille pensées, mille voyages.

Thilda, heureuse, en oublie ses intuitions terrifiantes. Bien sûr, ses pensées négatives, à la faveur du calme à l'heure du thé, tentent de reprendre le dessus. Mais d'un geste de la main elle les chasse. Elle a beau se concentrer sur un volet claquant au vent, pourtant les images toujours plus nombreuses la harcèlent. Un froissement, une sorte de craquement agaçant qui l'empêche d'être tout à fait tranquille. Peu importe. Elle saisit chaque instant avec encore plus d'intensité. Ses cartes et leurs angoissants messages la traitent mal et s'imposent dans ses pensées, dans les moments où elle lâche prise. Aussi elle redouble d'activité pour ne pas interpréter les combinaisons improbables qui concernent sa famille.

Bien sûr la solution n'est ni dans la fuite ni dans l'acceptation. A Imanol, elle demande les réponses, supplie les réponses en se posant longtemps devant les déferlantes des rochers de Gatteville. Elle les regarde s'écraser sur les écueils près du phare, s'ébranler de colère et faire chanceler le sol sous ses pieds. Elle traduit ce message sans langage humain. Il résonne dans son corps qui sent les algues et le sel froid. L'univers, prétendait son père, envoie ses messages, il suffit non pas d'entendre mais d'écouter.

Elle tente de dompter sa puissance et de lui confier ses pressentiments trop lourds à porter. Inlassablement, Thilda ne retire de ses moments de face-à-face avec les éléments que détresse. Elle acquiert peu à peu et paradoxalement dans ce tête-à-tête avec l'océan la certitude qu'une liberté démesurée existe vraiment, c'est aussi pour cela qu'elle la rejoue inlassablement. Elle la remet en jeu. Sa liberté, sa vie contre celle des êtres qu'elle aime. Seulement on ne peut contrôler les trois Parques, qui en décident autrement. Sa jupe noire vole au vent, elle s'emmaillote dans son large châle en y enfouissant son nez minuscule. A chaque fois, ses grands yeux bleus supplient avec la même énergie et elle reçoit ce message décrypté par son savoir magique :

— Thilda, le monde va se haïr, va s'entretuer.

— Le monde ? C'est-à-dire les mortels.

Comment éviter l'inacceptable ?

Les belles années pourtant s'additionnent. Il y a en 1936 les congés payés, les grandes grèves. Les conditions de vie des ouvriers s'améliorent. On accorde enfin aux plus pauvres un peu de temps pour eux, on parle même de donner le droit de voter aux femmes. Les femmes ! Louise Weiss et d'autres militantes offrent aux sénateurs des chaussettes : « *Même si vous nous donnez le droit de vote, vos chaussettes seront raccommodées.* » Des femmes de Barfleur solidaires en ont tricoté des dizaines, encouragées par Maria, membre de La Femme nouvelle, organisation qui souhaite l'égalité des droits politiques entre les hommes et les femmes. La propagandiste, résidente du Val-de-Saire plusieurs mois par an, organise des réunions publiques qui ont un franc succès. Thilda a accueilli un groupe de tricoteuses. Elles ont ensuite remis leurs chaussettes à Maria. Thilda y croit lorsque Léon Blum nomme trois femmes sous-secrétaires d'Etat en juin. Elles sont élues mais ne peuvent élire ! Madalen est de tous les combats avec elle.

Le mois suivant, toujours en 1936, les députés leur accordent enfin le droit de vote, mais le Sénat – que les chaussettes n'ont pas impressionné –

et le gouvernement d'Albert Lebrun, profondément anti-Front populaire, le leur refusent. C'est peut-être à ce moment précis que la guerre s'est jouée, pense la cartomancienne navrée par ce refus indigne, cette distance prise avec les mots égalité et solidarité. De plus, les lois protègent la propriété, mais qui défend l'eau, le sol, les éléments et donc la vie humaine ?

Trois ans plus tard et hormis des promesses, des beaux articles, la guerre se rapproche à grands pas. Les mots n'ont que peu de pouvoir sur les événements.

Ce 9 janvier 1939, lasse des combats et des drames qui s'annoncent en Europe, Thilda est comme jamais sur ses gardes. Un cauchemar la hante depuis plusieurs nuits. Elle voudrait rester éveillée, ne pas perdre sa vigilance…

Il neige sur Barfleur. Des flocons bien nets tombent, les enfants de leurs cris appellent à la blancheur du ciel. Avec leurs bonnets trop petits ou trop grands sortis à la va-vite des armoires, leurs gants chaussettes, les transformant en épouvantails. Le temps du chemin de l'école ils se sont élancés sur la neige. La fraîcheur, plus intense sur les digues du port, plonge le village en plein silence. Même l'eau se dérobe. Petit bord à petit bord, elle se met à lécher goulûment les flocons contre les coques des barques, apportant par bouillons une mousse fraîche vers la jetée. Les goélands, tête fière, bec haut, surpris par un chapeau de gel se formant sur leur tête, s'accommodent de leur déguisement.

La fenêtre blanche de la maison des Valvachet s'ouvre vers un dehors. Impatient, Joseph s'agite :

— Vite, papa, je veux aller jouer dans les rues.

— Nous irons tout à l'heure, promet son père.

Madalen est partie tôt à pied rejoindre ses élèves. Il y a dans ce jour laiteux quelque chose d'étrange, de trop calme, peut-être ? Paradis pour les chiens errants, reniflant lapins et lièvres, la campagne momifiée en quelques heures ne laisse presque plus passer de son.

L'enfant déguste ses tartines beurrées, les trempe avec gourmandise dans son lait. Il entend au loin le bruit de la hache cognant contre les bûches. Roland coupe du bois et charge peu à peu les cheminées ; la maison tiédit. Quelques clients de Thilda, arrivés frigorifiés, apprécient sa sollicitude.

Avant de les recevoir, Thilda apporte des affaires chaudes à Joseph, lui enfile un bonnet clair, glisse dessous ses boucles brunes, et caresse doucement sa joue. Joseph, très excité, tend ses doigts serrés en écartant son pouce. Thilda lui met des moufles dans sa poche et lui boutonne son caban de laine enduit :

— Maintenant, Joseph, lace tes lacets.

Il s'exécute en tirant la langue.

— Voilà, tu es prêt pour jouer dans la neige.

Avec ses bras il entoure la longue et épaisse jupe :

— Bisous, Thilda.

Elle l'embrasse longuement sur le front.

Roland, qui est resté dans l'entrée pour ne pas avoir à retirer ses bottes, attrape la main de son petit garçon.

— Prends bien soin de lui. Ça glisse aujourd'hui, Roland.

Elle s'inquiète pour Joseph, il n'est pas toujours très sage ; il a conscience du handicap de son père, qui, pour marcher, s'aide de sa canne ou d'un bâton. Si petit, Joseph veut déjà l'aider dans les gestes quotidiens, il n'admet pas « ne pas réussir », toujours en action pour prouver son autonomie.

Sa mère le cadre bien, même si Roland semble parfois dépassé par son énergie bouillonnante. Peut-être se revoit-il à son âge, chassant avec son père dans les falaises de la Hague, les pieds accrochés aux ajoncs et aux bruyères, à cavaler jusqu'à la nuit, sans ressentir la moindre fatigue, la moindre faim, la moindre soif. La vitalité de Joseph lui redonne une sorte d'enthousiasme.

Sous les flocons et l'œil du ciel duveté, sans vent qui l'aurait rendu menaçant, les terres immobilisées par le gel perdent leur odeur de glaise pâteuse. On ne reconnaît que le parfum de l'iode, mélange d'algues et de sable. Le froid d'avant midi ne tenaille pas encore les marcheurs et les bêtes semblent indifférentes à ce paysage modifié.

En cette fin de matinée, les rues de Barfleur se

couvrent d'une nuée d'enfants sortant de l'école. Le village se replie sous un silence singulier.

Dans le ciel on observe de rares péripéties lumineuses. Les enfants emmitouflés crient dans la rue, jouent dans les jardins et où même les hommes les plus rustres attrapent avec leurs doigts la neige et la posent sur leurs lèvres. Les femmes, les mains gelées, parviennent à se dessaisir un instant de leur condition misérable, les reins courbés dans le lavoir. Elles observent au loin leurs petits – si pâles d'ordinaire –, les joues rougies par le froid, sortant de la crèche tenue par les bonnes sœurs à cornette.

Roland et Joseph achètent un pain plié et prennent le chemin du retour, longeant les quais jusqu'au calvaire.

— Tombe, tombe la neige ! commande l'enfant, qui échappe à son père et dévale la jetée jusqu'au canot de sauvetage.

Le sol s'éteint.

Roland hèle son fils :

— Joseph, reviens vers moi.

Les amis de Roland, au canot de sauvetage, cigarette au bec, sous l'auvent, se réchauffent en croisant leurs bras musclés sur leur ventre, en se massant les cuisses, en tapant sur le sol leurs pieds engourdis. L'enfant regarde un moment un petit tas de neige avalé par l'eau, puis remonte en sautillant de joie.

— On va à « Crako », papa ?

Sa famille apprécie particulièrement rejoindre ce hameau de pêcheurs, annonçant la plage de la Bretonne, traversée par un cours d'eau du même nom. L'endroit se dissémine sur des dunes légères, bordé par des cabanons de plage blafards qui sommeillent avant la lumière de l'été.

— Non, c'est trop loin, on glisse trop, du moins, je glisse trop. On ira quand la neige se tiendra mieux.

Après un échange de nouvelles avec ses amis les pêcheurs, ils reprennent leur route vers la jetée en face de l'église, tout en prenant soin de lire les chiffres sur les plaques des rues tout le long de la ruelle des amoureux. Ces plaques sont agrémentées de sirènes et autres monstres marins en terre cuite que Roland a moulés et peints lui-même.

Joseph remarque soudain les empreintes d'un chat, il décide de les suivre consciencieusement.

— Papa, tu penses que c'est Pelote ?

— Non, je ne pense pas. Pelote est partie de la maison fonder une famille, depuis bien trop longtemps.

— Dommage.

Sur la jetée, Roland s'arrête un peu, fatigué. Le petit garçon descend doucement, en cherchant les traces de pas de l'animal.

— Regarde, papa, il y a un trésor dans l'eau !

Une sorte de sac accroché à un rocher, d'un jaune éclatant et mis en valeur par le contraste offert par le manteau neigeux, gît ballotté par la mer.

En une seconde, l'enfant grimpe sur le parapet, minuscule équilibriste, jouant sa vie en acrobate. La mer, et son désordre germant des profondeurs, gonfle, s'approche des solides remparts de la ville.

Ici, des hommes partent en mer et, parfois, ne reviennent pas, dévorés par des monstres pressentis, rarement identifiés. Ruisselant du mal le plus brut. Furie tapie au fond de l'eau, effilochant le calme engourdi d'un midi d'hiver, comme celui-là.

Dans le ciel, quelques oiseaux déchiffonnent le ciel à grands coups d'ailes et de cris. Rien d'inquiétant, pourtant on sent comme une présence détestable.

Roland pressent quelque chose, comme avant la canarde des boches contre leurs tranchées, lorsque le grand camelot saisissait au hasard quelques-uns de ses camarades et tuait leurs vingt ans.

Quel est le poids des ombres dans ce ciel bas ?

Joseph, imprudent, perd l'équilibre, glisse sur le parapet glacé et chute de l'autre côté de la terre, à la démarque, entre le sel et les pierres. Le voici maintenant sur les rochers au pied de la digue. Il se relève et a même le temps de lever la main vers son père pour lui montrer qu'il n'est pas blessé, protégé par ses moufles en laine.

Son père hurle :

— Joseph, reviens bien vite !

Déjà il tend ses bras vers lui.

Mais l'enfant ne l'écoute pas, il veut attraper,

à quelques mètres, le trésor jaune qui s'échappe vers le large. Son pied minuscule se coince dans les rochers. Il crie :

— Aïe, papa, j'ai mal.

Son petit corps se tord sous l'assaut de la douleur et de la surprise.

Son père jette son pain et se presse, pour le secourir. Il essaie d'enjamber le muret de la digue. Mais il y a le vapeur pour Le Havre, lourd et pressé. Les femmes aux chauds manteaux multicolores sur le pont font des signes en envoyant des baisers aux habitants de la côte. Le navire remue le grand sous-sol liquide et forme des vagues et ces vagues, après un léger clapotis, grossissent d'un coup vers l'endroit où est tombé Joseph.

Un enfant dans les rochers, ce n'est pas si grave. On peut le cueillir d'une main, le ramasser par son caban, ou par un pied, par n'importe quel bout. Tout ira bien.

C'est oublier ce qu'impose la guerre aux hommes qui en reviennent estropiés, infirmes. Pour avoir une chance de passer par-dessus le parapet, Roland doit se contorsionner, car à ce moment il n'y a personne pour l'aider à portée de voix. Sur les rochers, son pilon en bois se bloque à son tour, entre deux cailloux. Déjà, l'enfant est couvert par un miroir d'eau. Ses grands yeux ronds se ferment et s'ouvrent par intermittence, se déforment par grossissement. Roland se sert de sa canne pour tenter de le ramener vers lui. Mais impossible d'accrocher son manteau.

Il ne manque presque rien, juste quelques centimètres pour qu'il puisse attraper son enfant. Mais ce rien, c'est le prix de la guerre. S'il n'avait pas été blessé, il n'aurait pas été obligé de détacher sa prothèse, en arrachant le plus vite possible ses lanières et ses sangles de cuir. Une fois libéré, il s'allonge, s'écorche sur les roches et enfin, soutenu par ses bras, attrape un des souliers de Joseph. Mais le soulier se détache du pied. Une vague ultime emporte vers le large Joseph. Le bateau est pourtant déjà loin.

A quelques dizaines de mètres de là, sur l'autre digue en parallèle, des pêcheurs bénévoles de la station de sauvetage ayant surpris la scène arrivent avec une barque à rames. D'autres se précipitent à pied en passant par la rue du Fort et rejoignent les deux blessés. Sous ses flocons, le visage du diable œuvre à la fatalité. Le corps de l'enfant, si léger dans les courants insensibles, disparaît, attiré par une force à broyer les cœurs.

Le sang, celui de Roland, écorché à vif, forme de longues traînées. L'homme se débat dans l'eau glacée, nage vers les profondeurs, là où Joseph a coulé. Une force le rattrape, deux pêcheurs qu'il connaît bien le harponnent et le ramènent à bord de leur barque. Sur la jetée, des femmes tiennent des couvertures dans leurs bras, l'une d'entre elles a récupéré sa prothèse et sa canne. On sonde l'eau avec des rames.

Le canot de sauvetage à moteur, l'*Alfred-Elise-Millet,* s'élance vers Quillebeuf ; le chef des sauveteurs gueule :

— Si le gamin est quelque part, vu le courant aujourd'hui, on cherche par là.

Les marins déshabillent Roland ramené inconscient à la station de sauvetage. Des femmes le sèchent avec des draps.

Surtout ne pas revenir, surtout ne rien entendre et se laisser mourir. Son corps pourtant se réchauffe, il reprend connaissance.

— Tu nous as fait peur, Roland, le docteur arrive, lui murmure une femme.

Le potier au corps et à l'âme dessinés par une montagne de glaise, un colosse, vient d'être emmuré vivant. Devenu en quelques minutes un gisant. On vient d'éradiquer une partie de lui-même et déjà, dehors, on entend les cris d'une femme. Elle tambourine à la porte. Madalen a porté la vie et lui vient de laisser filer Joseph échappé du néant, venu à eux pour souder tant d'entente.

Dans ce bourdonnement, emmitouflé dans des morceaux de tissu blanc, momifié, Roland pleure et les soubresauts de ses sanglots résonnent entre les pierres. Ses amis partagent ses larmes. Ils l'entourent quand Madalen s'avance vers lui, d'un pas vif, ne sachant rien encore, juste prévenue d'un accident. Elle pose ses mains chaudes sur son visage, sa bouche sur la sienne, des baisers sur ses larmes. Il est incapable de les remplacer par des mots.

— Où est Joseph, Roland ? demande Madalen.

Elle parle doucement. Mais déjà ses yeux, les mêmes que ceux de son fils, d'une clarté singulière, balayent toute la pièce du regard.

Roland se fige. Une femme prend Madalen doucement par les épaules. Il reconnaît la boulangère :

— Nos hommes le cherchent, il a glissé dans l'eau, à la seconde digue.

Madalen remarque en paniquant les mains tailladées, les hématomes, le sang sur la jambe et les cheveux parsemés d'algues de son époux.

Vient alors le cri, le cri d'une bête, celui de sa femme adorée, celle qui se donne à lui sur le sable tiède de Crabec, les pieds dans le varech craquelant. La même, dont le cou se convulse maintenant, dans un hurlement de loup, de tempête, de vent.

Des sons qu'il ne connaît pas. Pour la rassurer, un pêcheur prend la parole :

— Faut pas abandonner l'espoir, Madalen, on va continuer à sonder avec les rames, on l'a pas trouvé encore, mais on va te le ramener, ton petit.

Le maire, hagard, entre en tenant un ciré jaune détrempé, l'objet qui a attiré l'attention du petit garçon.

Pendant ce temps, Thilda, que l'on est allé prévenir, se tient seule devant la tombe d'Imanol qui donne en face de la digue, à l'endroit où Joseph vient de disparaître. Avec une baguette ciselée et fine d'où s'écoule un fil tressé avec ses cheveux, elle implore en l'agitant :

— *Fil agile, des fils divins, décris des cercles et remplis ta mission. Traverse les nuages flamboyants, tel l'éclair, sois l'esprit qui conduit, sois mon guide. Envoie tes étincelles et rends-nous l'enfant venant de naître à l'océan.*

Thilda serre fort son col de manteau, regarde par-dessus le haut mur qui la sépare des vivants l'attroupement près du parapet, les femmes qui se signent. Au loin, elle aperçoit les rames se lever puis replonger dans l'épaisseur de l'eau.

Elle attend debout, dans un froid mordant. Elle a tellement froid. Le vent qui s'est levé a changé de direction. Le destin de l'enfant brisé a changé de côté. Thilda observe au large la dépouille du petit noyé sortir de l'eau. Un sauveteur la remonte comme on le fait d'un casier. Partout dans la rue et sur le port des bonshommes de neige, galets aux yeux froids, regardent les curieux sans les voir. Thilda sort du cimetière accablée, misérable, puis s'immobilise là où tout est arrivé. Déjà, les vagues pilonnent le désastre, la marée est montée, les rochers ont lavé le sang de Roland. Les goélands se disputent le pain.

Le navire se dirige vers l'abri du canot de sauvetage, on entend son moteur ébranlant le silence. Un pêcheur sauveteur, aux cheveux hirsutes, le visage blême, et tout grelottant, crie :

— On l'a, on l'a, bon sang, j'suis tellement triste, tellement triste.

Un marin tient l'enfant, bleu déjà, contre lui, comme s'il le protégeait des regards. Une femme veut le prendre, mais il refuse d'un coup d'épaule. Il marche quelques pas en chancelant, on lui ouvre la grande porte, puis il dépose son corps près de son père, encore allongé.

Les genoux à terre, Madalen se saisit de son enfant et se met à le bercer, à se bercer avec lui. Ses doigts caressent ses cheveux, elle répète, sans cesse :

— Mon Dieu, ce n'est pas possible !

Elle ne pleure pas, Madalen, il n'y a pas de larmes pour un tel drame, les larmes ne sont possibles que lorsque l'on peut encore respirer.

Il y a partout en ce jour les traces de pas des vivants sur la neige, mélangés à ceux des passants, elles racontent qu'un petit garçon rieur a suivi les empreintes d'un chat errant.

Peu à peu, le bâtiment de sauvetage se vide, des amis accompagnent les deux parents dévastés, serrant le corps de l'enfant adoré, chez eux. Là où il a été conçu puis mis au monde par Thilda et le docteur, le même qui vient signer son acte de décès. Thilda avait pourtant promis à Imanol de ne jamais laisser entrer le malheur entre les murs de cette bâtisse en bord de mer. Roland tient dans sa main droite sa canne et dans la gauche le petit soulier en cuir mouillé.

Cette nuit-là, les étoiles fondent. Les âmes s'y clouent, crucifiées, soumises, en attendant d'enfuir l'hiver.

La Chose

Peu de temps après avoir perdu son fils, Madalen est remontée sur sa bicyclette. Juste après l'enterrement, elle est retournée dans sa classe. Les gens l'ont entendue chanter des comptines et chaque fois qu'elle le pouvait elle ouvrait les fenêtres de sa salle de cours et les petites voix portées par le vent venaient réchauffer la tombe de Joseph. Les voix des enfants pauvres du monde. Elle a continué à instruire les enfants des autres. Elle allait aimer ces enfants-là, puisqu'on lui avait pris son petit.

Son modèle c'était cet instituteur tchèque, Frantisek Bakulé, ce merveilleux pédagogue qui avait promené sa chorale en chantant la paix à travers l'Europe et jusqu'à New York. Sa chorale était constituée d'orphelins, infirmes, ceux qui peuplent les rues des faubourgs de Prague. Son modèle pédagogique avait l'ambition de laisser l'imagination des enfants vagabonder, les yeux fermés pour chercher des idées. Ils écrivaient eux-mêmes les paroles de leurs chansons. Ils trouvaient les ressources dans ce qu'ils sont, dans leur existence et leur vie simples.

Avec lui, ils saisissaient les éclats du vent.

Saisir les mains du vent

Les yeux brûlants des femmes s'emplissent de fatigue dans l'éclat mordoré des champs. Nuances brouillées de la végétation, amplifiées par la chaleur mate de ce début de juillet 1940. Les paysannes aux silhouettes crémeuses ont le dos courbé depuis l'aube, elles sont une vingtaine, des petites filles, des jeunes femmes, des vieilles aussi. Leurs corps sont enroulés, glanés comme les gerbes et les grains qu'elles ont triés jusqu'aux premiers rais de lumière du phare du rocher du Gros-Raz dans la presqu'île de la Hague. Ses puissantes lentilles mitraillent le ciel. L'armée allemande l'occupe et l'allume à l'occasion. La plupart des nuits, ses soldats l'éteignent, asphyxient la lumière du monde. L'ombre lourde de la calamité absolue envahit la campagne. Les travailleuses ont hâte de rentrer.

Lasses, au signal, quand il n'est plus possible de voir, elles s'éparpillent les unes après les autres le long des labyrinthes de murets de pierre. Quelques rires, quelques murmures, des frottements de galoches ou de sabots, couinements de brouettes remplies de grains que l'on pousse et dont les roues se coincent dans les ornières non rebouchées. Envois de jurons, bien sûr, contre des trous continuellement forés par le va-et-vient des véhicules de l'armée ennemie, qui n'a que faire de sauvegarder la campagne et ses chemins. Les chevaux ont été réquisitionnés. Il n'y a plus que les mains et les reins pour les remplacer. Autrefois, ces journées finissaient dans des beuveries, partages et contes fabuleux lors de grands repas communs. Ces nuits d'éreintement, les femmes supportaient les mains robustes posées sur leurs seins lourds de leurs époux pour la plupart enivrés. Elles recevaient leur lot d'amour. Ils fêtaient la moisson.

Il n'y a actuellement plus qu'un temps qui jauge, sans fêtes et sans joies, même si ce soir quelques vieux hommes ont décidé de se retrouver dans une ferme éloignée du village. Ils boiront à la santé des femmes. A cause du couvre-feu, organiser même un petit événement festif est inenvisageable. Un passé en charpie, un présent difficilement supportable à vivre, et un futur qui s'éloigne. Les villages s'engourdissent…

Attendre le retour des bras jeunes et forts.

Il est tard. En arrivant près de sa ferme au hameau de la Côte soufflée, Aëlle Valvachet, seule, épuisée, s'arrête un temps dans l'écurie, s'assied sur une botte de paille, masse ses mains enflées, tourne son alliance qui l'écorche. Elle écoute la nuit venir à elle, avec bientôt la promesse du sommeil. Les bêtes prennent possession de la campagne. La jeune femme remue avec peine les jambes. Il lui reste une étable à fermer, la plus éloignée, à quelques centaines de mètres d'ici, proche d'une maison laissée en ruine et ayant appartenu aux ancêtres de ses beaux-parents. Pour y accéder, elle doit longer les précipices, à ras de falaise, sous le souffle minéral des pierres. Pas question de saisir la lampe-tempête : les sentinelles allemandes l'abattraient. Dehors, un quart de lune, enveloppé sous un feuilleté de nuages, met à distance ceux qui s'aventurent sous son éclat. Effacé ainsi de repères, le territoire de la Hague n'a plus de frontières. L'océan tout près rugit sans se contrôler et se brise au bas des murailles naturelles. Aëlle est debout alors qu'elle n'aime rien d'autre à cette heure-là que dormir, se laisser emporter vers une forêt profonde, sur son matelas humide, pour essayer d'oublier qu'elle marche des journées entières dans la détrempe et le brouillard. Les vents, qu'elle tente de saisir de ses mains, la mêlent à leur destinée incertaine. Elle part avec la marée, revient avec elle.

Dans le noir contracté, Aëlle avance d'un pas habitué. Elle sent le blé glané et la sueur d'une journée de labeur sous un soleil robuste. Bientôt sa chambre, l'odeur de la cire d'abeille de l'armoire et du parquet qu'elle a cirés cette semaine. Elle a hâte de se trouver dans son cabinet de toilette, de se passer de l'eau fraîche sur le visage. La brise de mer s'engouffre dans son corsage, ses cheveux longs, bruns, en broussaille, sont attachés à l'aide d'une cordelette. Les arbustes de la haie se tordent vers elle, tentent de la saisir en allongeant leurs silhouettes. La lune joue à cache-cache, réapparaît en fonction de l'ondoiement des nuages.

Ce qu'elle voudrait, c'est s'offrir un instant de fantaisie, qu'elle retiendrait dans ce pas grand-chose du pays. Il lui permettrait de créer, d'inventer un peu de tout. Il ne se passe plus rien dans sa vie, à part le rituel des travaux de la ferme. Sa soif de reprendre son autonomie et de s'émanciper prend le pas sur ses désirs et son mari, si vigoureux, ne s'approche plus d'elle. Elle lui refuse son lit depuis plusieurs années déjà.

La réalité l'aliène à cette terre qu'elle a pourtant choisie, qu'elle pensait fertile et vivante. Elle n'est que l'étrangère, celle dont la silhouette trop fine ne semble « pas bonne pour la terre », comme le prétendent les femmes d'ici qui se moquent un peu. Etrangère à cette presqu'île qui l'amène à une existence incohérente, comme ses rêves. Terre aussi difficile à conquérir que cette journée de glanage pour quelques grains, pour quelques sacs qui lui pèsent. Fatras de l'intime, ses nuits sont plus calmes pourtant que ses jours.

Aëlle, aveuglée à marcher sous la lune en croissant, harassée à la pleine lune quand son corps de mère appelle à la vie, rend les armes, découragée. La mélancolie se l'approprie, elle qui fut autrefois une jeune femme si rieuse.

— Elle est triste, ma bru… prétend sa belle-mère au lavoir.

— T'as qu'à dire à ton fils d'arrêter de fureter dans les corsages des filles faciles, ta bru retrouvera peut-être le sourire.

Louise hausse les épaules ; son fils est revenu de la guerre en pleine santé, son fils est un homme, un vrai.

Aëlle n'a pas appris la campagne, car la campagne ne s'apprend pas ni dans ses mœurs frustes parfois ni dans ses gestes. La campagne vient à soi, comme la vie.

On la supporte ou on la quitte.

Plus de mots mais des images. Surtout ne plus rien savoir et attendre, ne rien chercher à comprendre. Rentrer en ville, à Nantes.

Heureusement, elle aime la solitude de la nuit, cet élan vers soi. Même si elle sait que cela ne suffira pas.

Quand sa sœur s'inquiète de savoir qu'elle déambule seule si près des précipices géologiques et géographiques de la Hague, elle lui répond :

— Elle a un goût, la nuit, Madalen, un goût en moi. Elle remue et soulève les corps malgré la fatigue. On doit essayer de la rendre aussi attirante que le jour. On la conquiert par des artifices, en inventant des lumières artificielles, alors qu'elle nous offre la liberté d'être aveugle un moment pour devenir humain.

Aëlle n'aime rien d'autre que rejoindre Madalen à Barfleur avec son mari et frère du sien, Roland le potier, dans leur maison aux contrastes variés. Elle est située en terre de Saire, proche par la mer mais éloignée par la terre de celle de la Hague, et leur belle-sœur y prédit l'avenir. Ce lieu ne ressemble à aucun autre. Thilda lui a annoncé un enfant qui ne vient pas. La maison déborde d'histoires et d'espérances. Pendant qu'elle entre dans les ténèbres de la dernière étable, elle pense aux conversations profondes et raffinées qu'elles ont toutes les trois et qui lui manquent. Thilda la voyante de Saire connaît parfaitement les tourments de l'âme humaine et des corps fatigués. Et sa sœur, si érudite, lui propose toujours des livres qui promettent l'émancipation des femmes, ce grand rêve.

L'espace à Barfleur semble plus ouvert, plus renouvelé par notamment les touristes. Dans la Hague les villages se replient sur eux, ferment leurs barrières. Seulement, les Allemands viennent de boucler le pays, car ils craignent le passage des résistants vers l'Angleterre. Ils exigent des laissez-passer pour se déplacer, les deux presqu'îles se regardent mais ne peuvent plus se rejoindre ni par la route ni par la mer. Aëlle pense à juste titre qu'il faudra des mois maintenant pour y retourner ou que sa sœur puisse lui rendre visite. Elle est triste ce soir, plus triste encore que les autres jours.

Pourtant la jeune Bretonne ne déteste pas rejoindre, chaque soir, cet endroit isolé, sorte de plateforme avancée sur la mer. Quelque temps plus tôt, son mari, la couvrant d'amour, l'accompagnait encore. Il est fâché dorénavant, puisqu'elle lui refuse son lit.

Auguste a fauté. Elle l'a surpris dans la baie des Fontenelles, sur le rocher où ils avaient fait l'amour le lendemain de leur mariage. Elle a beaucoup pleuré en découvrant son mari avec une autre. Ce n'est pas tant qu'il l'ait trompée qui la dérange. C'est le plaisir qu'elle a vu sur leurs visages, tout ce plaisir débordant d'elle et de lui. Elle, c'est la plus jeune fille des Safron, une ronde à la peau translucide presque fragile et aux seins durs. Depuis, Aëlle ne descend plus à la baie des Fontenelles, mais sa mémoire se souvient des cris des deux amants.

Ce bonheur, elle ne le connaît plus avec Auguste et depuis son corps se grippe. Tellement en colère d'être piégée là, à attendre. Aëlle est devenue aride et cette aridité s'est transformée en une sorte de froideur.

A la maison, abrutie par les cadences infernales du pays, elle se montre parfois un peu agressive. Avec un sentiment, en point de mire, qu'elle ne va pas s'en sortir, comme une prémonition. Que cette terre-rocher va la happer, la rejeter avant même qu'elle n'ait pu la batailler, la travailler au corps.

Alors fermer cette étable un peu éloignée, elle y tient, ce moment où elle agit entre peur et courage lui redonne un peu confiance.

Aux grands écarts, aux tempêtes et à un temps de plein océan qui dompte plus qu'il ne se laisse dompter, où seuls des ports minuscules réussissent à tenir, la jeune femme essaie de résister. Chaque jour est une lutte, chaque soir est une bataille à gagner, et l'excitation produite l'empêche de trop penser.

Aëlle voudrait saisir les mains du vent pour qu'il l'emporte à toutes ailes. Elle perd l'équilibre à force de chercher ce qui est enfoui sous l'océan en agitant une telle colère. Bien avant le crépuscule, et de plus en plus intensément, une solitude qu'elle n'avait jamais osé imaginer s'empare d'elle. La contrée la domine.

Son temps ici devient compliqué.

Sur ses lèvres, trop de sel et des remords comme celui de se refuser à son mari, la punition a assez duré peut-être. Elle tient bon malgré ses suppliques. Il dort sur la grande chaise longue de la chambre, celle dont le rotin grince à chaque mouvement. Il la regarde dormir sans la toucher, par épuisement, par souci de la lutte. Fou de chagrin, elle le sait, elle connaît ses besoins.

« Je ne vais quand même pas aller voir les filles de joie ! »

Elle veut quitter cet endroit, rejoindre sa sœur, recommencer sa vie, elle veut qu'il divorce d'elle, des promesses faites.

Le cœur vagabond, forcé d'ailleurs, taciturne, elle traîne son état d'esprit comme une épidémie.

Auguste, lui aussi si jovial autrefois, devient sombre à son tour. Elle se rend compte qu'elle a fait une erreur. Elle et sa sœur ont fait une erreur en venant se perdre dans le Cotentin, en épousant deux frères qu'elles avaient cru aimer. Et il y a eu ce drame ultime, cet enfant mort, ce petit Joseph, enterré près d'Imanol, qu'ils pleurent en regardant l'océan, en jetant des fleurs blanches dans cet inimaginable tourbillon de chagrin. En tendant les mains à l'eau qui le leur a pris. L'eau leur file entre les larmes.

Sa colère la rend belle. Elle est belle, Aëlle, à couper le souffle. A force d'abaisser l'horizon de rage, son visage farouche la rend irrésistible. Son grand front pourrait accueillir les mains les plus viriles, ses yeux ensauvagés dans ce pays de landes et de rocailles tonnent de teintes bleues et ocre. Son corps et son âme fière ont rendu tellement fou d'amour Auguste.

Son sourire faraud interpelle, fière la femme, fière la combattante, la lectrice des combats des femmes :

« Tu vas voir, semblent dire les hommes qu'elle croise et toise, tu vas voir on t'aura à l'usure. »

On la désire, elle ne désire plus. Elle ne dit rien de son malheur et de sa perte, elle attend le moment. Elle ressasse, culpabilise de s'être laissé entraîner dans cette aventure qu'elle pensait être de l'amour.

Sa belle-mère la rassure :

— Quand vous aurez un enfant, toi et Auguste, tout deviendra normal.

Mais Aëlle voudrait répondre :

— L'enfant refuse de prendre racine dans ce pays.

Sa solitude n'est pas normale à elle seule et remplit son âme et son corps.

— Ne t'en rajoute pas, Aëlle, tu te tracasses trop, tu ergotes, tu devrais être aussi souriante que tes tenues.

Si sa chevelure et son caractère donnent une impression de fracas, elle n'a pas renoncé aux robes fleuries et aux sous-vêtements doux, qu'elle rafistole pour ne pas céder aux lourds tissus de guerre que l'on impose à toutes.

Parfois harcelée par le mauvais temps, elle cède, enfile des chaussettes que sa belle-mère lui a offertes à son arrivée, des chausses de bienvenue en terre marine. Des gratteuses épaisses, que ses pieds ne supportent pas, mais qui gardent au sec la peau longtemps.

Parfois pourchassée par la pluie, elle se sert comme Auguste d'une toile de sac de pommes de terre, elle la met avec une ficelle de foin sur ses épaules. Elle noue aussi son bonnet de laine noire informe sur sa mignonne tête. Son visage soudain prend vingt ans. Et sa sœur, un jour, de l'avoir surprise dans cet accoutrement lui reproche son silence, sa métamorphose.

— Aëlle, tu n'as pas besoin de changer, de t'accommoder à ce point au pays, reste toi-même.

— Je ne suis pas soumise et à personne, crois-moi, si je mets un tablier, c'est qu'ici, sans lui, je me salis.

— Et ton rouge à lèvres ?

— Pas le temps !

Aëlle ne confie pas à sa sœur ses tourments, le pays l'a attrapée en entier.

Auguste ne sait plus comment la reconquérir, il est devenu son petit chien et la suit, l'aide autant que possible, lui apporte son café au lit. La couvrant de sollicitude à s'en damner. Elle ne veut plus, elle n'en peut plus, elle s'asphyxie la bouche ouverte.

Tu es belle, Aëlle

Aëlle ouvre maintenant la porte de l'étable du bord de falaise. Comme à chaque fois, les lapins s'agitent au fond des cages branlantes. Observée par leurs yeux ronds, elle sourit. Elle vient les caresser souvent, surtout les petits lorsqu'ils peuvent être touchés sans crainte que leur mère ne les rejette. Les clapiers s'ébranlent de nouveau quand elle recule. Elle ne reste pas, ferme la porte, afin qu'aucune fouine meurtrière ne vienne égorger les bêtes. L'odeur de la paille lui pique le nez. Elle éternue dans son mouchoir.

Elle retourne sur ses pas. L'intense nuit fait battre son cœur plus fort que d'habitude quand elle s'élance vers la maison. Comme chaque soir, sa belle-mère l'attend. Son assiette de potage sera servie, son pain tranché par son beau-père qui aura pris soin de lui offrir la tartine du milieu, la plus tendre, après avoir tracé un signe de croix sur la tourte. Elle pourra se saisir avec grâce de sa part de beurre jaune sorti de la baratte du matin devant elle, dans un petit pot rond. Auguste, lui, lit certainement le journal. Bientôt elle s'assiéra sur un fauteuil recouvert de peau de mouton moelleuse, elle enlèvera ses bottes et goûtera au calme du repas, avec ce couple et son mari dorénavant silencieux, en marque de rédemption.

Si sa sœur avait été plus proche, elle est certaine que cette vie, sans les tourbillons de la ville, elle aurait fini par l'aimer. Mais leurs vies à toutes deux se sont échouées, derrière les vagues.

Deux sœurs englouties, dans un mariage de vents vagabonds et de corps aventureux, d'éléments naturels entre terre des hommes et terre des bêtes, qui souffrent et respirent ensemble pourtant.

Aëlle vient de quitter le chemin de la côte, elle passe maintenant par l'intérieur des jardins, rase les haies. Tout à coup, comme une appréhension, elle se sent épiée, frissonne, prend dans sa besace son gilet et l'enfile en grelottant.

— Ça doit être ce fou d'Evroult qui me cherche, il veut me jouer encore un sale tour, je vais finir par lui mettre un coup de fourche à celui-là.

Evroult est un simplet, « un vorace » comme on appelle ici les éboueurs. Celui qui va, de porte en porte, chercher les déchets qu'il entasse dans une petite charrette à main, qu'il porte sans faillir, puis jette brutalement.

Parfois, il réussit à s'approcher d'elle en posant ses grandes mains sur ses reins. Elle court après l'avoir giflé dans des chemins échoués, vieux comme le monde. « Il ne voit pas le mal », disent de lui les habitants des contrées, il amuse. Aëlle en a une peur bleue.

Les arbustes des haies se taisent. Une voix lui susurre :

— Protège-toi, Aëlle.

C'est Thilda, Thilda lui parle et le ciel la recouvre, forme une masse, l'empêchant presque d'avancer.

— Cours, cours, Aëlle, sauve-toi.

Mais elle est fatiguée ce soir, elle n'a plus de jambes. Elle n'essaie pas de voir, elle ne gagnerait pas contre les ténèbres. Dans ces moments, seul l'instinct permet d'avancer. Ce n'est pas un bruit qu'elle a entendu en premier, mais un léger choc, comme un pas sur le pavé du puits, un frottement d'une gabardine de soldat peut-être. Il reste cinquante mètres, pas plus, et elle sera à table, à l'abri, au repos. Auguste lui manque, avec ses épaules herculéennes et sa grosse voix. Ses mains se croisent sur sa poitrine. Quelque chose ne va pas, une odeur de sueur et de peur, vivante et chaude. Sensation malaisée. C'est décidé : dès ce soir elle va faire la paix avec son homme, ça ne peut plus durer.

Elle presse le pas.

Thilda a pourtant été claire :

« Fais attention sur les chemins, fais attention à la nuit, ma belle, promets-moi de ne jamais te promener seule comme tu le fais, promets-moi. »

Elle lui avait montré la carte, celle du fil du destin trop vite coupé, en pleine ascension. Le trois de pique.

Aëlle avait ri alors de ce trois de pique, de la destinée tracée par des fils d'or et des fils d'ébène, cadençant avec plus ou moins d'accords et de désaccords le dessein de chaque être humain.

« Coupe le fil, avait suggéré Thilda, coupe le fil du fusain, arrête de te morfondre, coupe le fil toi-même avant que quelqu'un ne le fasse à ta place. »

Aëlle acceptait de perdre quelque chose, pour vivre pleinement. Mais elle n'imaginait pas qu'elle allait perdre l'intégral.

Ici, maintenant, les conseils de sa belle-sœur lui reviennent, dans la solitude et l'appréhension, le corps aux aguets. En une fraction de seconde, elle regrette pour Auguste, elle regrette de l'avoir tellement puni. Ce soir il devrait être avec elle pour fermer les étables.

Lui connaît les dangers de cette campagne pour les femmes. Des Géorgiens viennent d'arriver pour remplacer les Allemands qui partent combattre vers l'est de l'Europe et se promènent dans les falaises en commettant de nombreuses exactions.

Et, elle fait une erreur, au lieu d'avancer le plus rapidement possible, elle bifurque vers la haie, car elle a perdu son mouchoir qui a glissé de la manche de son gilet.

Elle l'aperçoit, tache de neige en pleine tiédeur. C'est maintenant ou jamais : saisir les mains du vent.

Soudain une emprise l'aimante, le choc, derrière la nuque, sa nuque si haute, si fine, « une rose posée sur sa tige », disait son père. Le corps est peu de chose dans l'immensité silencieuse. Aëlle vient de tomber, sonnée. Quelqu'un l'a assommée comme on assomme l'animal avant de l'écorcher.

Ses mains dans l'herbe sèche, ses ongles s'agrippent à la terre. Quelqu'un tire son corps vers les broussailles sans plus de ménagement. On lui tient les chevilles, ses cheveux restent coincés dans une motte de racines sèches.

Son périple prend fin.

Au loin l'océan, les bêtes nocturnes, des mains rêches sur ses cuisses, sa robe est remontée sur son visage. Elle sent l'air sur son ventre, sur ses reins, sur ses seins aussi. Des tenailles tenaces fourragent son corps, passent en revue chaque endroit de son intimité, de ses jambes. La tête lourde, elle ne peut réagir, ni crier, ni même bouger. Elle va mourir, d'une seconde à l'autre. On la détruit.

Sa main croise des boutons. Ses doigts sont tordus et un se brise, douleur fulgurante. Impossible de crier. Une ceinture cliquette, un pantalon se froisse. Elle qui avait rêvé des mains d'un homme qui lui aurait fait ressentir le monde avec ses mots, elle la romantique, l'exaltée, la voici dans ce bosquet sans résistance.

Que sa tête est lourde.

Des genoux frottent et pincent ses jambes, sans ménagement.

Pas un mot. Mais soudain le souffle du minotaure. Son corps est totalement saisi par un homme puissant, en colère, violent comme s'il prenait avec elle la terre sur laquelle elle cogne et s'abîme.

Sa nuque, un bourdonnement.

Tu es belle, Aëlle, et quelqu'un te gâche.

L'assaut se calme.

Ouvrir les bras et saisir les mains du vent pour qu'il l'emporte en sécurité jusqu'à la lune et son sourire maternel.

Enfin le vent vient la chercher.

L'assaut reprend, plus fort, plus brutal encore.

Il est trop tard, ce trop tard du basculement d'un destin lorsqu'il perd la raison. Puis plus rien, les minutes s'écoulent, lentement.

Au loin, des bruissements venant de derrière la maison. Le chien Morlaix aboie, va et vient, la lèche. Tout à coup, malgré le couvre-feu, des lumières tournoient autour d'elle. Mais elle ne peut plus parler.

— Aëlle, Aëlle, bon Dieu, ma petiote. Viens, Louise, viens m'aider !

Eugène a fini par s'inquiéter en entendant le beau chien si calme d'ordinaire aboyer autant. Il a aperçu la silhouette d'un homme s'enfuir par les arrières du jardin.

— Ma petiote, ma pauvre petiote !

Il baisse sa robe avant de la prendre dans ses bras le plus délicatement possible.

— Ne la bouge pas, commande Louise, elle a peut-être quelque chose de cassé. Regarde, sa tête n'est pas comme à l'habitude.

— J'vais chercher la vieille porte, elle va nous servir de brancard. Trouve Auguste.

Le voici qui arrive, essoufflé, par la rue qui mène au village. Sa mère l'apostrophe car il a bu, il tient à peine debout.

— Tu parles d'une maudite soirée.

La malheureuse est conduite jusqu'à son lit, sur la porte où d'ordinaire on attache et porte le cochon frais tué pour le saigner.

Eugène part chercher le médecin allemand qui habite dans le presbytère. Il n'est pas question de courir en pleine campagne pendant le couvre-feu pour trouver le médecin de famille à trois kilomètres.

Louise tire les rideaux bien droits et bien calés par de gros livres à leur base, afin que la lumière ne se diffuse pas, puis elle allume la lumière électrique. Une pâle couleur éclaire sa belle-fille inconsciente.

Elle va chercher de l'eau, pose un linge propre sur l'arcade sourcilière ouverte dont le sang a envahi le visage et les cheveux.

La vieille femme sait déjà à quoi s'attendre :

— Ma petite, ma pauvre petite, qu'est-ce qu'on t'a fait ?

Auguste est avachi sur une chaise de la cuisine. On entend ses longs sanglots, ses épaules trépident.

— Ma femme, qu'est-ce qu'on y a fait, mais qu'est-ce qu'on y a fait ?

Il a ramassé les vêtements arrachés d'Aëlle, il les tient dans ses deux mains comme un petit enfant tiendrait son linge fétiche et les essore de larmes.

Sa mère l'observe avec découragement ; il ne peut l'aider d'aucune sorte.

— J'sais pas où t'as bu ce soir, mais tu ferais mieux de déguerpir d'ici, tu nous sers à rien. Tu m'agaces tellement.

Quelques instants plus tard, le médecin arrive avec un interprète, car il ne parle pas français. Il inspecte le crâne de la blessée. Elle a une autre plaie derrière la tête avec un caillou à l'intérieur. Il ouvre sa valisette et en sort tout un attirail propre rangé dans une boîte en fer.

Louise tient maintenant la tête d'Aëlle qu'elle a posée sur ses genoux. Pendant que le médecin recoud la plaie, il parle dans sa langue, doucement. Il pose ensuite une attelle pour maintenir son doigt cassé. Tous ses gestes sont professionnels, précis, paternels. L'interprète, indifférent, est assis sur une chaise et pianote machinalement sur la boîte en fer-blanc contenant les seringues.

A intervalles réguliers, l'officier projette une lampe dans les yeux de sa patiente et il hoche la tête négativement en direction de Louise. Les plaies visibles sont recousues. C'est alors qu'il demande d'un ton sévère à l'interprète de sortir et de maintenir la porte fermée, car Auguste revient un peu à lui et veut maintenant se rendre utile.

Le médecin et Louise lavent le corps meurtri de la malheureuse. Louise tamponne son bas-ventre et y laisse un grand morceau de ouate.

Sans un mot, dans un total abandon, la jeune femme se laisse laver, se laisse soigner. Le médecin lui fait une injection de morphine. Enfin, avec une grande délicatesse, Louise habille Aëlle d'une chemise de nuit puis la borde dans son lit. Les visages sont graves.

Aëlle est déjà ailleurs, son sourire est celui d'une personne enfermée qui ne peut déjà plus communiquer avec l'extérieur.

La chambre est de nouveau accessible, les Allemands quittent la ferme.

Eugène s'approche du lit et gueule, sa lèvre se tord en bavant :

— C'est qui qui t'a fait ça, nom de Dieu !

Il saisit maintenant son fusil de derrière son fourneau. Mais Aëlle, poupée chiffonnée aux yeux hébétés, ne parle plus, meurtrie, violée dans et par les ténèbres. Elle semble avoir laissé ses forces vives contre le sol qui les a absorbées. Son beau-père, fou, se cabre, serre les dents. Avec Auguste, ils décident d'arpenter la côte.

— Ce salaud de vorace, on va te le trouver, il va payer !

Alors Eugène et son fils tournent dans le pays pendant des heures, parcourant les sentiers de leurs ancêtres naufrageurs, passant par les sentes dérobées, se cachant dès qu'ils entendent la patrouille de l'armée d'occupation. Auguste est parfaitement dessaoulé et il veut venger sa femme.

C'est à l'aube qu'ils vont découvrir Evroult marchant le long des falaises avec un gros rondin. Serait-ce le même qui a assommé la malheureuse ? Sa besace est gonflée de lièvres de braconnage. Dès qu'il distingue la silhouette des deux hommes, il s'enfuit en moulinant l'air et en vociférant.

Arrivés aux champs des Treize-Vents, Eugène et Auguste le coincent, le braquent au fusil. Paniqué, incapable de communiquer tellement il bégaye. Pensant qu'ils en veulent à sa récolte de braconnage, l'homme traqué vide son sac. Il veut repartir. Peine perdue. Ils se battent à flanc de falaise, à flanc de landes, à flanc de l'irréparable, à quelques centièmes de la barbarie. Eugène lui assène un coup de crosse sur la tête. La violence d'un justicier. Evroult perd l'équilibre, inconscient. Le sang commence à couler. Sourire béat. Il remue déjà ses grosses jambes, elles tremblent de toute leur puissance.

— On fait quoi ? demande Auguste. On l'achève, on le jette en bas et on le traîne jusqu'au courant ?

Faut qu'on se dépêche, quand il va reprendre le dessus il va nous réduire en bouillie.

— Mérite que ça, qu'on le jette au courant, répond Eugène tout en lui écrasant les bottes contre les reins. Hein, mon salopard, t'as abîmé la gamine, tu vas voir, nous aussi on sait jouer, tu vas aller voir les Anglais de l'autre côté.

Frapper, et frapper encore. Se rendre compte pourtant qu'un cœur ne s'arrête pas si facilement. Evroult, lui, ne frappe pas, il ouvre grands les yeux en riant. Comme lorsque son père le corrigeait à coups de tisonnier. Eugène et Auguste brutalisent le corps de l'homme à la force colossale. Frapper. Frapper à creuser le sol.

Mélanger le sang à la terre. Casser les dents, les membres. Casser, faire jouir la violence.

Seulement pour briser un cœur il faut du temps. Or Evroult a de l'endurance. Dès deux mois dans son berceau, son père lui a appris à souffrir, tordant ici et là un orteil, ses oreilles et même son nez pourvu qu'il ne pleure plus, qu'il ne pose plus sa bouche sur les seins de sa femme, pour téter et prendre durant quelques minutes une partie du corps lui appartenant.

Evroult se relève parce que la douleur ne vient que du ciel et il court maintenant pour l'éviter. Sa vie coincée dans un fil barbelé, il veut bien encore la supporter, parce qu'il est comme ça, le vorace. Il vit en prenant de plein fouet son existence. A chaque vague, s'il passe il en passe une autre. Alors celle-ci comme les autres il va la passer. Il ne pense qu'à une chose : récupérer son sac avec sa chasse nocturne de braconnage car, tout à l'heure, il aura faim. Il relève sa bouillie humaine, ramasse ses restes et se sauve à un moment où ses agresseurs pensent l'avoir eu au corps.

Il n'y voit plus, Evroult, il a les yeux noircis et le vent le pousse. Il est content, il leur a repris sa chasse de la nuit.

Repousser les mains du vent.

Le chemin des falaises permet de poser la largeur de deux pieds, pas plus. Avec les coups, l'homme ne les sent plus. Quand il bute sur un caillou, l'air le surprend. Il accroche sa vie de malheur au ciel et personne ne le retient. A la mort de sa mère, alors qu'il n'avait que cinq ans, à force de coups, son âme est devenue légère, libérée des contraintes d'être aimé ou non.

Il vole vraiment.

La solitude ne pèse pas lourd ; le fou des landes ne pèse pas lourd dans ce vide de la presqu'île. L'homme blessé tient contre lui le cadavre des lièvres dans le sac, sur sa main, il ressent une caresse.

Avant les ajoncs, les premières roches, la douceur.

Cette fois, son cœur va se rendre.

On pense que le cœur d'un fou ne produit aucun cri, aucun son quand il meurt.

On a tort.

Les falaises ne ferment jamais les plaies infligées par les humains. Le vent attache une partie de ce silence et loin, très loin, de l'autre côté de la presqu'île, vers la Saire, des battements de cœur s'éloignant de la vie laissent un message. Imperceptible.

Mais un jour, jure le vent, qui recouvre le corps gisant de l'homme, un jour Evroult, toi qui n'as rien compris, toi qui ne pouvais pas comprendre, un jour, pour toi, apparaîtra la vérité.

La Chose

Evroult, victime comme une autre, était resté un petit enfant sans instruction. Naïf, il tendait les mains vers ce qu'il pensait être le beau.

Madalen voulait investir dans l'homme par l'enseignement, pour que les êtres parmi les plus fragiles ne soient pas abandonnés à eux-mêmes, qu'ils ôtent leur naïveté, qu'ils apprennent à penser seuls. Elle voulait aller puiser ce qu'il y a d'humain en chacun de nous. Pouvoir nommer pour s'exprimer.

Ma mère, Aëlle, était dynamique et fière, car elle avait été vendeuse dans le magasin LU de Nantes. Elle portait des gants blancs et des tailleurs, mais aussi des chaussures à talons pour servir la clientèle aisée de Bretagne. Evroult le chasseur la taquinait de la même façon qu'il guettait les renards pour les attraper. Il n'avait pas les mots pour égayer sa vision, alors il touchait à ce qui ne se touche pas. Il frôlait sa robe et son parfum, son féminin.

Evroult cherchait l'infime tendresse dans la campagne qu'il arpentait sans cesse et Aëlle à elle seule, dans cette solitude qui la tenaillait, convenait à la campagne, à l'idée que l'on se fait d'un animal farouche.

Personne ne s'est soucié de ce vorace, sans sépulture.

Se marier au silence

L'agresseur d'Aëlle a laissé trace de son crime. Ensemencée par le démon, on cache la jeune femme, comme on cache les lapins dans les clapiers, les moutons dans les bergeries, les chevaux dans les écuries pour les protéger du froid et de la pluie.

On la protège d'elle-même, du diable en elle. Elle se mélange au silence. Pourtant, le diable aime la pluie et le mauvais temps, il l'adore même. Elle reste dans son lit, yeux grands ouverts, on lui donne à manger et à boire à la cuillère, elle réussit à se lever pour aller aux toilettes. Chacun y va de son avis.

— Elle a perdu la caboche.

— Elle est devenue innocente.

— Elle a perdu la parole.

— Elle ne nous entend plus.

— Elle a pris un mauvais coup sur la tête.

Mais Aëlle s'est mariée au néant.

Et son village d'adoption l'oublie.

— Il faudrait que sa sœur vienne, propose Auguste.

— Elle ne peut pas, les Allemands ont fermé la Hague. Si on envoie un télégramme, elle va paniquer. On va avoir des ennuis, elle voudra l'emmener avec elle et Thilda aussi. Je ne sais ce qu'elles sont capables d'inventer.

Eugène lui répond :

— Un drame à la fois, celui-là pour l'instant on le contrôle, personne ne sait qu'elle est enceinte. Qu'elle s'est pris une morflée, ça, tout le monde le sait, mais pas que ce salaud y a mis un enfant dans le ventre. On ne dira rien.

Comment savoir si la future mère, enceinte de cinq mois, a conscience quand un petit pied ou un poing dans son ventre veut la réveiller pendant la nuit ? Veut la réveiller le jour ?

Un bébé qui aura peur de la vie, un bébé que l'on ne mesurera pas en amour, que l'on ne soupèsera pas, car personne ne lui prendra la main.

La mère Valvachet affirme à son fils :

— Les bébés savent des choses, d'où ils viennent et se vengent. Celui-ci n'est pas content. En plus, il ne réveille pas sa mère. C'est pas bon, c'est pas bon.

Auguste ne dort plus :

— Faut qu'on l'en débarrasse, on va aller voir la vieille Sardine, elle cueille des herbes qui vont l'avorter. J'vais aller lui parler.

Alors Auguste rapporte des tisanes de chez la vieille ramasseuse de patelles qu'il paie en œufs et en jambon. Puis il repart bien vite de la maison minuscule plantée au milieu des landes. C'est une maison encaissée, torturée à l'intérieur comme à l'extérieur, sous un amas de vaisselle, de peaux de bête à tanner, de filets de pêche, de pots remplis d'herbes, de poteries et tout un ramassis d'objets, ayant perdu par usure leur fonction première.

La mère Sardine a apporté aussi pour passer l'enfant des « herbes aux coupures », de l'armoise. Les Valvachet en ont extrait le suc frais de la plante qu'ils mélangent au lait chaud que Louise donne à Aëlle à la petite cuillère le matin.

Sardine a prévenu :

« Si vous en donnez trop, ça va jusqu'aux vertiges, aux palpitations, fièvres, convulsions. Mais si la tisane prend, elle accouchera d'un enfant mort-né. »

En les préparant, Eugène, volontairement, les dose trop fortement :

— Qu'on en finisse, bon sang !

Aëlle a failli mourir, son ventre les nargue.

La sorcière est revenue avec de « l'herbe aux filles », appelée aussi « l'herbe de grâce », de « la rue » interdite de vente en herboristerie. Elle provoque le flux sanguin, ses vertus emménagogues peuvent tuer, elles aussi. Elle les cueille avec leurs fleurs jaunes pétillantes, sur les chemins de rocaille, en descendant aux falaises, à l'abri du vent, protégées par la douceur du courant du Gulf Stream. La femme laide à la bouche tordue les conserve dans son tablier. Elle en possède de différentes sortes, triées dans ses poches.

Elle a donné la recette à la belle-mère d'Aëlle :

« Tu fais bouillir l'ensemble dans l'eau prélevée un soir de rousse, quand la lune prend sa couleur et tourmente les ventres. Dix minutes et tu filtres. Toute la journée, tu lui fais boire. C'est pas bon mais ça va empêcher la vie à cet indésirable. »

Dernier sursaut de résistance, quand la tisane d'armoise infecte est mise dans sa bouche, la jeune femme rejette le liquide avec sa langue. Eugène la tient derrière la nuque pour la forcer, il entre ses doigts entre les commissures de ses lèvres, ses pouces marquent ses joues pâles et creuses. Elle recrache quand même la moitié de la potion.

Ni courant, ni flux, ni empoisonnement. On se résigne : ce maudit enfant va venir.

Auguste marmonne :

— Cet enfant, j'en veux pas, j'peux pas accepter cette chose dans le ventre d'Aëlle.

Eugène lui assure d'un ton autoritaire qu'il n'aura pas le dernier mot.

— Tu feras comme j'te dis, un point c'est tout, il faudra bien que tu le nommes de notre nom, sinon je te déshériterai.

Ce « comme j'te dis » tonne si sombre qu'Auguste n'ose pas désobéir au père.

A cause du drame, Auguste se tourne vers Dieu. Dans l'église romane, écrasée par son ciel pénible, chaque matin, il use ses genoux et ses mots sur les pierres devant le saint sacrement. Il prie, prie et pleure, se fâche, se calme et dans le secret des murs épais, une Vierge blanche au manteau bleu clair le toise sans compassion. Il lui arrive d'entrevoir sur le visage de la statue une expression, un vague soupçon, un reproche.

Brusquement il oublie ses prières, se redresse, la toise à son tour et hurle en posant ses mains sur ses yeux :

— Tu me rends fou, mais tu me rends fou !

Sans que l'on sache à qui il s'adresse vraiment. Car cette phrase, il la répète sans cesse à sa femme devenue muette, éteinte comme un petit feu que l'on a abandonné un soir de grand froid.

Les mois passent… Il y a tellement de tristesse dans les yeux d'Aëlle. Et sa chemise de nuit devient si grande que l'on ne voit même pas son ventre s'arrondir.

— Ce bébé lui grignote tout, la pauvre.

Parfois, Auguste cueille quelques fleurs dans les landes qu'il pose près de la fenêtre. Il ne dort plus sur sa chaise, mais de nouveau contre elle, contre son corps presque inerte avec ce maudit enfant qui le réveille en sursaut plus le terme approche.

— Aëlle, je ne comprends rien, je ne comprends rien.

Auguste est incapable de parler à l'enfant à naître qui, dans le ventre chaud de sa mère, bouge dès qu'il entend sa voix.

Auguste, pourtant, ne remarque rien. Seulement un jour il demande à son père :

— Tu crois que les bébés dans les ventres des femmes entendent les voix de leur père ?

Eugène lui rétorque sèchement :

— Pas celui-là, parce que tu n'es pas son père, l'enfant du diable, du démon n'entend que les voix des démons.

Auguste en frissonne.

Aëlle produit des petits ronflements dans son sommeil. Il est certain qu'elle revit son calvaire : cris, frémissements, sursauts. Quand il sent que le corps de son épouse est trop longtemps traversé d'effroi, Auguste allume la lumière. La bouche d'Aëlle est légèrement ouverte, il l'embrasse mais ses lèvres ne se referment pas.

Rire et sourire c'est déjà faire l'amour au cœur qui va, or son cœur à lui ne bat plus. Il murmure, il gronde, il supplie :

— Reviens, Aëlle, reviens, je suis tellement désolé. Reviens-nous.

La chambre contient trois êtres vivants et il ne perçoit que lui.

La jeune femme ne retrouve pas ses esprits et un esprit épouvantable l'a envahie. Avec ses grandes mains d'amant, Auguste la caresse chaque nuit en évitant son ventre, ce ventre où se loge l'invisible, la preuve du mal.

Parfois, au réveil, à bout de patience, quand sa

mère, Louise, est éloignée et qu'elle ne peut pas intervenir, il secoue ce corps qui ne se réveille pas, par les épaules :

— Allez, Aëlle, aujourd'hui c'est fini, tout ça on en parle plus. Reviens !

Aëlle accouche à huit mois. Le médecin allemand qui l'a soignée après son agression sort l'enfant avec des pinces. C'est une fille à la tête cabossée, déformée par les fers. Les Valvachet prennent peur devant sa laideur et décident finalement de nier cette horreur, la fille du démon. Un monstre, un monstre aussi laid qu'Evroult.

— Fatalité de plus ! rouspète Auguste, il n'en tiendrait qu'à moi j'irais la jeter à l'eau.

— Ne fais pas ça, le malheur pour de bon nous tomberait dessus, pleure Louise.

Ils se dépossèdent de toute raison, sous les nuages outrés, ils ne prennent pas garde. A un malheur on ne peut par sagesse, en principe, ajouter volontairement un autre malheur. Les événements vont se mettre à tourbillonner violemment. Ils n'ont pas reconnu le bruit que fait le ciel quand il descend trop bas et martèle la terre.

Et il y a un problème : le placenta d'Aëlle ne se décolle pas bien. Après plusieurs essais infructueux, le médecin pense appeler une ambulance pour l'opérer. L'ambulance n'arrivera jamais. Plus d'essence, plus de camions disponibles, la nuit, le givre s'en mêlent.

Avec ses grands yeux agrandis encore, Aëlle regarde sa vie s'étioler telle une fleur de pissenlit séchée, mellifère, où sont venues se poser les abeilles. Une fleur aride, sans sève. Autant de flocons de graines, s'envolant vers un territoire inexploré.

Aëlle meurt un soir de fin février 1941 alors que ses jours étaient à naître.

« Le ciel est venu la chercher », dira une femme le jour de son enterrement.

Les rumeurs montent dans la presqu'île. Seraitelle morte d'une fièvre, d'une appendicite ? Non, d'une hémorragie. Il y a eu tellement de sang paraît-il que les Valvachet ont brûlé les draps de la malade, au lieu de les laver.

En temps de guerre quand même ! Quelle honte. Quel gâchis. La honte, la véritable, est enfermée dans un cercueil, où on a déposé un corps amaigri, au ventre si minuscule dont est sortie la « CHOSE ».

Les trois complices s'enferment dans leur secret et finissent par s'habituer à lui, il devient moins lourd à porter et d'une certaine manière les soude entre eux. Ce lien malsain produit une complicité entre le fils et ses parents qu'ils avaient perdue depuis qu'Aëlle était tombée dans un abîme dont elle ne s'était pas relevée.

Qui a l'idée de la nommer ainsi ? « La Chose ».

Auguste ? Eugène ? Louise ?

Elle va devenir l'enfant sans prénom. Il n'y a

plus de témoins : le médecin allemand ainsi que son interprète ont reçu l'ordre de rejoindre leurs troupes qui se battent sur le front russe et cela juste après la mort d'Aëlle. On cache « la Chose » dans la cave épaisse et sombre, où les barriques de cidre ronronnent en fermentant. Seule compagnie pour le bébé abandonné parmi les mouches, les sacs de pommes de terre et le rebut. La fenêtre est enduite d'un mince rayon de jour.

La belle-mère d'Aëlle lui donne à manger, descend la voir à la pénombre, reste avec elle le soir jusqu'au coucher, juste avant le couvre-feu, lui change la paille comme elle change la paille des vaches. Elle l'enveloppe dans des langes chauds, lui confectionne un petit édredon et le chien d'Aëlle lui tient compagnie. D'ici peu, on aura oublié ce petit être grelottant, avec lequel la vieille femme crée des liens étranges. On la placera à l'orphelinat quand le pays sera de nouveau ouvert.

Plus de témoins, plus de « Chose ». Le diable et son enfant chassés de leur maison, l'existence peut enfin retrouver son cours d'avant.

— Et avec l'oubli, les affaires devraient reprendre ! espère Eugène.

Car Auguste est devenu mollasson et s'adonne de plus en plus à la boisson.

La porte de la cave est fermée. Si l'enfant pleure, on ne peut pas l'entendre, les murs sont trop épais. Son panier est éloigné de la porte. Il n'y a ni passagers ni promeneurs dans ce pays à bout de falaise, en bordure d'océan où la maison semble parfois pénétrer dans l'eau, poussée par la tempête. De temps en temps, quand il fait trop froid, la vieille Valvachet emmène l'enfant dans sa chambre avec elle. Prise de remords, elle s'en occupe, mais dès qu'il pleure ou qu'il devient trop exigeant en tendresse, Louise l'enferme à nouveau dans cette pièce odieuse et froide où on voudrait bien qu'il attrape froid et qu'il meure.

On oublie le vent de la Saire, celui du devin Imanol qui par son souffle relie les êtres sous sa protection. Dans une grande force centrifuge, il souffle. Sa brise file vers la mer et envoie chercher des témoins.

— Maudites Nantaises, le petit Joseph, puis Aëlle. Que va-t-il nous rester ? craint Eugène.

Sa femme tente :

— La petite ?

— Tu peux la reconnaître et on en parle plus, dit le père à Auguste.

— Non, cette chose n'est pas humaine.

Les Valvachet perdus dans leurs contradictions et leur secret au sujet de la mort d'Evroult, « le vorace » disparu, commettent l'irréparable, l'enfant restera caché, anonyme, sans identité.

Les plages étant interdites à la circulation, les Allemands avaient laissé repartir à la fin de l'été dernier un corps très abîmé échoué près de la mare aux marchands à Herqueville. Le promeneur qui l'a découvert a bien pensé qu'il s'agissait d'Evroult. En laissant la marée le reprendre, solidaire, il a pensé qu'il y aurait un enterrement de moins à financer dans sa commune. L'homme n'a pas vu d'inconvénient à économiser sur l'humain et donc à ne pas lui creuser sa place au cimetière.

Il est si rare d'ailleurs que les morts soient à la bonne place.

La Chose

J'ai une photographie de Madalen prise à l'occasion d'une kermesse, au milieu de ses élèves. Elle porte une coiffe normande et les enfants sont habillés en petits Bretons ! Elle a le grand sourire des femmes épanouies, modernes de son temps, de cet entre-deux-guerres où tant de jeunes gens rêvaient à la paix, à l'égalité d'accès au savoir, à l'union en Europe. Elle adorait leur lire le beau poème de Robert Desnos, « La Fourmi ». Tous deux ont eu ce point en commun en mourant de comprendre ce que la haine débordante entraîne.

Seulement des hommes durs, impitoyables, des monstres, dans une logique de rendement et d'argent, l'ont empêchée de distribuer ce trop-plein d'amour, de passion éducative qu'elle avait en elle. Elle a connu la sauvagerie, elle n'est pas devenue une grande vieille. On lui a arraché son enfant, puis sa sœur.

Seulement, après la mort de Joseph, la jeune femme a commis des imprudences dès 1941. Comme si elle ne tenait plus à la vie. Elle a rendu des services, transporté des objets interdits, des affiches de propagande antina-

zie, des journaux également et pris de plus en plus de risques, emportée par la rage et la colère.

Quand j'ai su qui avait dénoncé Madalen, je voulais m'arracher le cœur, me tuer, me morceler, me jeter. Mais une nuit, elle m'a parlé. Thilda avait agité sa baguette à cheveux et nous avions évoqué la sagesse d'Imanol. Madalen avait la voix d'une sainte :

— Tu es mon sang, vis, surtout vis, il ne reste que toi des Kermadec.

Je suis devenue potière pour réparer les cicatrices de la terre. Les guérisseurs le savent, l'argile en cataplasme sur la peau referme et guérit les blessures. Extraire des limons pour réparer encore et encore les cœurs de ma famille. J'ai malaxé l'eau avec les sédiments millénaires et j'ai reconstruit en les sculptant ces visages, mes fantômes. Il y avait la silhouette de Naïa, du Morbihan. Elle m'apparaît parfois, ou peut-être ai-je trop regardé son image sur une carte postale à usage de marque-page, dans L'Araigne *d'Henri Troyat, l'histoire d'un homme manipulateur qui détruit tout ce qui touche à l'amour. Le dernier livre qu'avait lu partiellement ma tante et qui portait la marque de sa disparition vingt pages avant la fin.*

Madalen

Madalen a perdu Joseph en 1939, son fils si mignonnement intelligent et si vif, puis sa sœur en 1941. Dès lors, plus rien n'a été possible, ni avec son corps ni avec son cœur. L'aventure hasardeuse l'a attirée, se lançant à âme perdue dans des actes anti-allemands, intervenant dans le groupe de résistance du Val-de-Saire. Elle prend de plus en plus de risques, porte les armes à vélo dans le Cotentin, en pièces détachées ce qui lui occasionne des voyages nombreux et dangereux. A la gare de Barfleur, elle récupère des tracts qu'un cheminot lui confie en les disposant dans sa sacoche à faux fond. Puis elle les redistribue vers Valognes et la Hague. Ses tracts sont ensuite récupérés par des anonymes dans les chemins creux, les fonds de jardin, les cabanes, les murets de pierre.

Madalen transporte les tracts du Parti communiste français. Avec des mots simples, ils avertissent les citoyens : « La déportation c'est la mort », « Français soyons dignes de nos traditions, protégeons les femmes et les enfants juifs pourchassés par les boches ». Pour ces quelques mots elle pourrait être exécutée.

L'institutrice parcourt toujours plus de distance pour échapper à ses pensées, à ce manque de l'enfant englouti en quelques secondes, disparu dans l'eau froide et tempétueuse de la Manche. Disparues, avec lui, les âmes fortes et heureuses d'autrefois. Après la mort de son fils, elle devait sortir de sa maison, celle de son mari et de Thilda, pour ne pas s'asphyxier de ses bruits, craquements, volets claquant au vent, crissements des pas dans l'entrée, ceux du souvenir. Elle fuit Barfleur, en particulier le jeudi, elle s'éloigne de sa propre peau. Madalen prend son vélo et pédale. Cadence imposée par le vent de la côte, par les chemins morcelés de dunes et de pierres du Val-de-Saire. Le ciel d'étale menace à tout instant de se défaire, de se briser. Soleil blafard. Il va pleuvoir. Le vent de verdure et de mer pince la jeune femme. Elle aime son air rauque à la voix cagneuse comme l'accent des gens du pays. Impassible à la guerre, la campagne du peuple du Cotentin, du cidre de pommes et de poires, continue de produire et de nourrir. Pourtant Madalen le sait par ses amis : des gens meurent de faim, des gens sont battus, volés, torturés et assassinés. Des femmes, des enfants, et aucun ne survit. Des gens sont envoyés de force vers un lieu qui n'est pas un lieu. Ces victimes de la guerre ne meurent pas uniquement d'une balle ou d'un coup bien net sur un champ de bataille. Ils périssent aussi de la vanité de certains hommes. On dit que des gens sont envoyés en camp de travail. Mais qu'y font donc les nouveau-nés et les enfants ?

Thilda se remémore sans cesse cette phrase de Yolande, son amie communiste : « On ne sait pas où ils sont et eux ne savent plus où nous sommes. »

Passer par la gare, les gares. Fumer une cigarette, rire fort, et fourrer dans la doublure de ses sacoches des tracts grands comme des mains, dont quelques mots imprimés peuvent conduire à la mort. S'en rend-elle compte ? On assassine, on torture. Pour des mots. Tenter à chaque mètre de résister, coûte que coûte, vivre au-dessus du vivre en balayant de la main l'idée pour cela de perdre quelque chose. Elle peut se déposséder, son enfant est mort. Madalen n'a plus le goût du hasard. Il y a Roland, mais Roland pourra vivre sans elle. Elle ne peut pas vivre dans un monde humilié. Alors, pour parcourir autant de kilomètres, ses poches sont remplies de rustines au cas où les pneus de la bicyclette crèvent. Des rustines fossoyeuses.

Un jeudi de début mai 1944 sous un soleil venteux et porteur, elle a pour mission de distribuer des tracts dans la Hague.

Les terres labourées se déplient devant elle et se referment aussitôt, comme autant de labyrinthes de verdure, murets, haies vives, animaux invisibles, trouvailles d'éternité. A chaque arrêt, elle souffle sur ses mains dans cette union de champs et de routes.

La nature bat avec son cœur au gré de ses efforts. Elle roule, roule sous un ciel fluide, aéré soudain par l'approche des falaises.

Les boches barrent les routes, les réouvrent, refusent aux bateaux de partir. Les pêcheurs de Barfleur, déracinés d'océan, restent au port. La vie s'efface au profit de n'importe quoi, de n'importe rien.

Affichettes et tracts sentent l'encre fraîche et la peur de ceux qui les ont imprimés à la va-vite clandestinement. Avec Madalen, ils sont au secret. Maintes fois les soldats ennemis ont ouvert ses sacoches sans rien voir de sa supercherie. Elle est si mignonne, si charmante, l'institutrice.

Il y a longtemps qu'elle n'est pas revenue à la Hague. Depuis l'enterrement d'Aëlle. A peine disparue, à peine enterrée et pleurée, peine de sa peine. Elle dépasse le barrage. Puis elle s'avance vers ce pays des hauteurs encore plus rude, plus mystique que la presqu'île de la Saire, parce que vallonné, tempétueux avec ses talus d'arbustes tordus de vent fou, les nouant jusqu'à la sève.

Elle roule, tellement forte. Elle s'élance vers les côtes que bordent les hauteurs, avec le visage de celle qui trop longtemps a contenu sa respiration, celle qui porte ses peurs d'enfance, de mère et de femme. Ses terreurs d'humaine. A terre ombrageuse, conquête sauvage. Qu'advient-il vraiment à ceux qui se font prendre pour actes de résistance ? On prétend des tortures, on raconte des viols collectifs. On raconte des corps nus pliés, entravés devant les hommes et leurs outils de fer. Des outils qui servent non plus à fabriquer des pots, des vases, des meubles, des chaises, des lits de mariage, non. Ce sont des instruments d'artisans, ceux aux mains d'or, détournés pour casser les os et l'âme.

Madalen pense aux cisailles sous les ongles, aux marteaux, aux crochets des bouchers.

Elle a vu des photographies si insoutenables qu'elle souhaiterait qu'elles ne restent que des images. Ceux qui diffusent ces documents pour dénoncer les exactions que la police française ou la Gestapo risquent la mort.

Dans sa maison de pêcheur donnant sur la plage de la Hougue, à Saint-Vaast, Yolande avait secoué devant elle le tas de journaux de résistance :

« Regarde, Madalen, ce qu'ils nous font, pour oser écrire les mots liberté, fraternité, solidarité.

— Non, ne me montre pas.

— Ainsi, tu sauras s'ils te prennent. »

En tournant lentement les pages et en buvant une tasse de café, elle avait regardé l'horreur, les feuilles des journaux collaient à ses doigts, devenus poisseux à force d'avoir été consultés. Combien de leurs amis avaient regardé ces épouvantes ?

Aujourd'hui, retourner dans la Hague, là où est morte sa sœur, est pour Madalen un véritable tourment. Revoir les chemins où elles et leurs maris ont déambulé à leur arrivée, respirer le même air, se laisser prendre par les mouvements de cette contrée libre, qui dilue une sensation de magnifique, la rend fiévreuse.

Après des dizaines de kilomètres, elle démarre l'ascension de l'hallucinante côte des Treize-Vents et de sa sente croissant vers les nuages que referment les collines. Toutefois, aujourd'hui, aucune légèreté ne vient les adoucir. Leur ombre sourde menace à chaque seconde de l'écraser. Elle étouffe. Elle pose son vélo encore brinquebalant à terre. Il est temps de marcher un peu. Le vent chante dans les interstices des murets de pierres sèches, il frotte aussi contre ses vêtements, laissant à sa traîne un bruit de feuilles égarées et folles.

Premier dépôt de tracts et d'un instrument de radio, un peu plus loin dans un muret, juste avant le village.

Encore quelques kilomètres et elle arrive. Sa peur, ce délire physique, secoue ses entrailles jusqu'à la démence. Quelque chose la retient aujourd'hui. Elle hume les haies fraîches, cherche en elles un peu d'énergie. Monter, encore monter avant de redescendre et goûter au silence, après l'effort. Une quiétude empreinte d'anxiété. Elle chante pour se soutenir les paroles de la berceuse de Thilda à Joseph, celle du *Chien bleu* :

— *Viens, viens sous l'arbre, les fées vont t'apprendre à danser, vont t'apprendre à aimer. Avec moi, avec toi, les miloraines, jamais tu n'auras peur. Souffle, souffle avec moi, petit Joseph, chassons l'hiver du printemps, chassons la pluie de l'été ! Dans le chaudron des fées, viens boire la tisane d'algues, viens sous l'arbre de la vieille druide, mets des boules de gui dans tes cheveux. Danse avec moi la ronde des miloraines. Ceux qui te protègent et te guident, petit Joseph, regarde les beaux yeux du grand chien bleu dans le ciel et cueille ses trésors.*

Elle chante, et elle ne sait pas encore, Madalen, au cœur suspendu à son courage, que son enfer est tout proche. Qu'elle ne reverra jamais l'été, ni les falaises ni Barfleur, l'endroit où avec ses yeux de mère elle tentait de réécrire la scène dans l'eau qui avait entraîné la noyade de son enfant.

Désolation encore, quand elle se rapproche de la maison triste où vivait sa sœur après avoir tout quitté par amour, en espérant que ce « tout » lui offre un peu de bonheur. La ferme apparaît : grise, longue, bordée d'une cour fermée et d'une multitude d'étables à l'extérieur. Le corps en chiffon, exténuée par l'effort, Madalen s'arrête enfin. Avant de s'annoncer à ses beaux-parents, elle se débarrasse de son fardeau. Un complice dont elle ne connaît pas le nom viendra récupérer les documents cette semaine afin de les redistribuer.

Ravagée de fatigue et sans bruit, elle fouille dans ses sacoches et en retire les précieux messages. Quelques-uns sont froissés, autant que ses reins. Elle secoue d'un mouvement de tête ses cheveux encombrés de poussière. La porte épaisse s'ouvre difficilement, elle en soulève le loquet, traverse la pièce en terre battue, atteint le trou sous la barrique vide, repositionne le caillou sur la planche. Ses jambes trépident de fatigue. Vite, vite, elle se dépêche.

Elle a gardé quelques documents qu'elle a soigneusement emballés dans deux almanachs cartonnés des Postes, Télégraphes et Téléphones de l'an passé, illustrés du Mont-Saint-Michel et d'une barque de pêcheur à rames. Lors de son retour, elle les déposera à Urville chez des amis.

En se relevant, elle entend un gazouillement vers les vieilles armoires disloquées, formant une sorte de cloison près de la fenêtre. Elle s'approche. Elle sait qu'elle ne devrait pas, qu'elle devrait ressortir rapidement pour ne pas être remarquée. C'est d'abord le chien blanc d'Aëlle qui vient vers elle, un berger aux longs poils un peu crotté. A force de déambulations dans la campagne, sa sœur l'avait nommé de façon amusante.

— Morlaix, que fais-tu là ?

L'animal bouscule, couine, tourne autour d'elle. Elle le caresse, il se sauve par la porte ouverte. Elle tourne les yeux vers l'endroit où était couché le chien. Elle découvre dans un panier d'osier sale, emballé dans des linges crasseux, entouré d'une sorte de parc assez haut, construit de bric et de broc, une chose remuante et mobile qui la regarde de tous ses yeux clairs. C'est une petite fille aux boucles rousses maintenues par un bonnet de laine rose lié sous son menton, inexpressive, aux jambes nues.

Entre surprise et hâte, elle lui demande :

— Qu'est-ce que tu fais là, toi ?

Entre étonnement et hâte, elle saisit de la main l'enfant qui se laisse attraper, puis soulève son petit corps tonique et l'extirpe des odeurs de sacs de grains et de pommes de terre.

Les papillons virevoltent autour d'elles. Une fois sortie de son parc, l'enfant la pince fort au bras. Surprise, Madalen la lâche et la petite se réfugie derrière les barriques, insaisissable.

Soudain, Louise ouvre la porte de la cave avec un air d'outre-tombe :

— Madalen ! Que fais-tu là ? Je pensais que nous avions affaire à des cambrioleurs. Quelle peur !

Louise a vieilli, décharnée, elle porte des hardes rapiécées. Ses cheveux gris et longs sur ses épaules lui donnent encore plus mauvaise mine.

— Je viens chercher les affaires d'Aëlle et j'ai entendu le chien, il vient de sortir, d'ailleurs. Je suis désolée de vous avoir fait peur.

— Ce chien, il n'arrête pas de se mettre à l'abri dans cette cave, du coup, on l'y enferme sans nous en rendre compte. Pourquoi diable es-tu donc à quatre pattes ?

— Venez m'aider, une petite fille vient de m'échapper. Regardez, elle est au fond, près du mur.

Louise s'accroupit :

— Ah ! Encore elle. C'est la petite-fille de la Barbelé, tu sais la ramasseuse de terre, elle la dépose là le temps de dessaouler. Ça lui arrive de plus en plus, d'ailleurs. Viens là, bon sang !

Elle s'énerve.

— Viens, petite, je te dis !

La voix de Louise déraille, se grippe :

— Eugène, Auguste ! Madalen est là, venez vite ! Allez, viens prendre une collation, tu es si amaigrie.

Madalen se relève :

— Et pour la petite ?

— Je te promets, je m'en occupe tout à l'heure, Eugène va venir l'attraper, Auguste l'aidera à pousser les barriques. Ferme bien la porte, qu'elle ne se sauve pas dans les chemins.

A regret, Madalen ferme la porte et tourne la tête vers sa bicyclette dont l'une des sacoches est restée ouverte.

Les deux femmes traversent la cour. A l'intérieur de la ferme règne une sorte de désordre.

— Assieds-toi, Madalen.

Mais celle-ci refuse. Les deux hommes arrivent, ils la bisent timidement.

Ses yeux balaient la pièce, la Vierge sur la cheminée, les cruches à lait en cuivre par terre, des fagots près du feu, l'odeur des étables, les mouches virevoltant au plafond. Tout a l'air en ordre, mais elle prend un air grave :

— Je viens de trouver dans un parc une fillette

dans la cave à cidre. S'il vous plaît, allez la chercher, elle m'a échappé.

Eugène regarde sa femme, gêné :

— C'est encore la sauvageonne, elle nous fuit, c'est la petite petiote de la Barbelé, cette vieille bourrique. Elle nous la dépose le temps de dessaouler mais comme elle ne nous dit rien en la déposant, on ne sait pas toujours quand elle est là. C'est le chien parfois qui nous prévient.

— Allez la chercher, je vous en supplie, elle doit avoir froid dans cette cave.

— On y va. Viens, Auguste !

Auguste a la figure bouffie. On ne voit pratiquement plus ses yeux, il ne semble plus prendre soin de lui, sa démarche alourdie lui donne un air de vieillard fatigué. Décidément le chagrin s'inscrit jusque dans les os de ceux qui l'endurent.

Madalen s'apprête à monter aux étages, elle ne doit pas perdre de temps. D'un bond, elle attrape la rampe de l'escalier, suivie par sa belle-mère. Dans la chambre d'Aëlle, les vêtements sont par terre, formant deux tas abandonnés. La chambre sent la poussière et l'abandon. Elle ouvre les volets et trie lingerie, manteaux, chapeaux, gants, chaussures de sa sœur, et ne conserve que sa boîte à bijoux et son joli sac à main verni, noir et souple, acheté autrefois avec elle à Nantes.

Elle s'assied sur le bord du lit, hébétée et à bout de souffle.

— Louise, donnez les affaires d'Aëlle au bureau

de bienfaisance, je ne vais garder que son sac et ses bijoux.

— Comme tu ne venais pas, j'ai déjà donné pas mal de choses.

— Vous avez bien fait. Je dois repartir. Que faisons-nous pour la petite dans la cave ?

— Ne t'inquiète pas, nous allons la ramener à sa grand-mère, tu dois rentrer, pense au couvre-feu.

Madalen regroupe les affaires de sa sœur et les dépose sur le lit. Elle se souvient vaguement de cette vieille tordue alcoolique et mauvaise que l'on appelle la Barbelé, piquante et sèche.

Louise s'impatiente. Elle ne tient pas à ce que sa belle-fille reste dormir ici. Madalen passe la bandoulière du sac de sa sœur, y dépose les bijoux et descend l'escalier.

— Je ne suis pas tranquille de te savoir sur les routes à cette heure.

— Ne vous inquiétez pas, si je suis trop juste, je dormirai chez des amis à Urville.

— Tu prends un café ?

— Non, merci, Louise, juste un verre d'eau.

Madalen reprend son vélo après avoir embrassé chaleureusement sa belle-mère et lui avoir promis de venir avec Roland dès que possible. La cave est vide, les barriques sont à leur place, le caillou posé sur la planche de sa cachette n'a pas l'air d'avoir bougé. Le parc de l'enfant a été enlevé. Le chien

Morlaix la renifle, la lèche avec sa langue rose, elle le caresse.

Il la suit pendant un moment sur la route vers le cimetière.

La Chose

Thilda m'a raconté que le jour où Madalen m'a trouvée dans la cave, les Valvachet m'ont emmenée chez la Barbelé. Comme elle m'avait découverte, ils craignirent qu'elle aille dénoncer ma présence et donc ma naissance à la mairie. La vieille hallucinée me voulait moi, comme on domestique un animal sauvage. Cette furie s'ennuyait seule avec sa folie, sa dinguerie, ses cris. Auguste et Eugène m'ont jetée chez elle, au milieu des immondices, de la paille couvrant le sol de son étable, et ont fermé la porte. A plusieurs kilomètres de chez eux, les Valvachet allaient enfin m'oublier et surtout mon absence empêcherait Louise de s'attacher à moi. Elle avait accompagné mes premiers pas, elle me coiffait le matin avec patience. Même si elle me parlait peu pour ne pas agacer ses hommes, jamais elle n'avait porté la main sur moi. Quand je suis arrivée chez la Barbelé je portais des pulls à ma taille. Plus tard quand j'ai grandi ils ont épousé comme ils ont pu mon corps grêle.

Je ne me souviens pas vraiment de mon arrivée chez elle, juste une sensation terrible de froid. Un froid qui me tenait en éveil. Plus tard la faim et ensuite les coups. Les coups sont assez simples à donner à une enfant comme moi, une enfant sans filiation qui ne fait pas de bruit au monde : elle tapait, je me taisais. Je cherchais Louise mais son visage minuscule et tendre avait disparu. Je cherchais le chien blanc et à la place je n'en rencontrais que des hargneux qui tentaient de me mordre. Le jour, quand je n'étais pas dans les cimetières, je me cachais au pied des haies, leurs feuilles me protégeaient un peu. La nuit je rentrais chez la Barbelé. Je dormais sur une peau de mouton, sans couvertures, près du feu. Elle me menaçait, avec son interminable couteau assoiffé, de faire de moi le jambon qui pendait dans la cheminée. Il se berçait au-dessus de mon sommeil, m'agaçait, lorsque je levais la tête vers le conduit.

La Barbelé, cette affreuse portant moustache dont la gueule mafflue s'apparentait à cette face que portent les tyrans, celui de la laideur universelle. Un mot qui ne devrait pas être au féminin, ni au masculin, qui ne devrait pas avoir de genre, qui devrait être hors de portée de l'humanité.

La sauvagerie.

Pourtant, oui pourtant, il n'était que banal ce visage difforme. Parmi ceux qui, par plaisir, se délectent de voir souffrir et d'humilier leurs semblables.

Avec cette « recueillante » d'ailleurs, je passais mon temps dans les cimetières.

Parfois j'arrivais à lui échapper et je m'enfuyais dans les landes de Jobourg, avec mon seul ami, le cavalier sans tête. Nous circulions de tombes celtes à d'autres tombes celtes. Il connaissait les défunts, leurs souterrains, il vivait parmi eux.

Il a été mon premier ami, et restera le seul, celui que je convoque quand, parfois, la crainte de l'abandon m'envahit.

Mon cavalier me fait monter sur son cheval noir de jais, si singulier, des chevaux, des hommes et des femmes d'Orient. Nous affrontons les falaises ensemble. Nous courons la campagne, elle cavale aussi après nous. Nous ne craignons rien.

Puis au fil des mois et des années, la Barbelé et moi nous nous sommes comprises. Nous allions nous détester, nous haïr tout en devenant inséparables. Cette abominable m'a laissé d'affreuses cicatrices sur les reins et les bras et un sentiment que les arbres et les herbes étaient plus vivants que moi. Passagère de ce monde, je devais composer avec eux si je voulais continuer à respirer. Grandir produisit en moi un sentiment d'abandon et d'incompréhension qui s'ajouta à la perte de Louise, ses mains sur ma peau, ma grand-mère que je cherchais en vain.

En attendant, les pieds abîmés par des indurations, les ongles longs repliés sur la peau, la bouche acide de la malveillante dont personne ne se préoccupait me terrorisaient.

Le désordre

Sur la tombe de sa sœur, Madalen s'allonge et lui demande pardon. Elle voudrait avoir le temps de s'arrêter par la ferme pour voir ce qu'est devenue l'enfant trouvée, mais l'heure tourne et son appréhension qui ne l'a pas quittée depuis ce matin tambourine sans qu'elle en comprenne l'origine. Une appréhension plus forte que les autres jours. La pierre froide la rassure paradoxalement, lui offrant un moment de sécurité. Elle avait ressenti les choses bien avant qu'elles n'arrivent, mais n'avait pas pu les empêcher.

Madalen : le tirage des cartes des lettres de son prénom avec le grand jeu de mademoiselle Lenormand donnait pourtant un beau mélange. Le M la mémoire, mais comment retourner là où il n'y a plus de témoins ? A, amour, D le désir sans nostalgie, A encore, de ces deux amours, il n'en reste qu'un en vie, Roland, L le livre et la leçon de vie, elle devenue institutrice, E l'échange, N le non, savoir dire non, oui elle a du caractère ! Que reste-t-il des prédictions de Thilda ? Madalen est fatiguée de ce monde qui s'entretue et de la mort en général.

Deux femmes habillées pauvrement, rentrant du lavoir, la regardent par-dessus le mur du cimetière. Curieuses, elles viennent vers elle. Elle se relève.

— Vous êtes dans un état, ma petite dame. Vous êtes de la famille d'Aëlle ? Quel malheur, mais quel malheur, mourir si jeune !

— Je suis sa sœur.

— Ah...

Les femmes se tortillent maintenant, elles en profitent pour poser la question que tous ici se posent.

— Elle est morte de quoi, votre sœur ?

Madalen hésite à répondre, elle regarde ses chaussures abîmées, se pince les lèvres et réfléchit :

— Je crois qu'elle est morte de chagrin, oui, de chagrin.

— Ah, c'est bien ce qu'on pensait, on ne le voyait plus sortir, avant elle se promenait aux falaises, on ne la voyait plus, votre sœur.

L'autre femme, plus âgée, demande :

— Elle n'a pas quand même attenté à sa vie, dites ?

Madalen devine où elles veulent en venir : l'enterrement religieux n'aurait alors pas été possible.

— Non, bien sûr que non, elle était malade comme on vous a dit.

Les épaules retombent.

— Bon, on va vous laisser alors.
— Oui, je dois rentrer.

Madalen pédale avec pour seule compagnie sa stupeur. Choisir entre la vie et le néant ? Elle a aujourd'hui une mission à mener. Quelle autre échappée possible désormais ? A part le chemin. Ne pas se laisser abattre par un ciel disparu. Au loin les coqs chantent, une vache meugle, les oiseaux de mer la survolent en piaillant. Des chiens aboient fort, celui d'Aëlle a rebroussé chemin.

A chaque pédalée, Madalen avance de la même façon que le vent lorsqu'il cherche les feuilles des arbres pour s'y fixer : elle s'accroche au désordre dans cette belle nature, désorganisée et meurtrie comme tous par la guerre.

Elle a une mission et cette mission l'aide à oublier la mort de son petit Joseph par l'appréhension qu'elle engendre et qui l'envahit.

Elle a commencé par cacher ses revues dans le fond de son jardin près du cabanon des toilettes, des paquets arrivant par le train et distribués par les cheminots ou le facteur. Rageuse, elle n'a qu'une idée : rentrer et poursuivre son combat. Elle a rejoint les résistants au grand désespoir de Roland qui craint pour elle, comme il craint que leurs yeux à tous les deux s'usent à scruter l'océan qui a dévoré Joseph.

Madalen a cette maturité qui la caractérise, sa pensée est habitée par ce que procure la lecture des textes qui défendent la vie humaine : ceux de Jaurès mort pour la paix, ceux des philosophes, des pédagogues de l'école moderne, qui rêvent de donner aux enfants les clés éducatives pour devenir des êtres libres et les aider à penser par eux-mêmes.

Elle ne doute pas du bien-fondé de son action. Elle se rassure car les nazis condamnent rarement les femmes, même s'il y a eu la toute jeune Sophie Scholl, membre de la Rose blanche, du mouvement d'opposition qui invitait les Allemands à créer une chaîne de résistance par la pensée. Cette toute jeune femme de vingt-deux ans a été guillotinée. Bien sûr, il y a ces jeunes brisés, et ces autres disparus. Mais quelques feuilles, qu'est-ce donc ? Il y a aussi la liste Otto : on brûle en Europe, dans un grand feu que l'on attise de haine, les livres des écrivains juifs et les livres de ceux qui les soutiennent.

La jeune femme n'a pas perdu de temps, elle parvient bientôt au Bacchus, à Sainte-Croix-Hague. Un client s'est placé vers le fond du café, en face de la fenêtre, il s'y désaltère avec une moque de cidre. Elle ne peut pas le voir mais lui peut l'observer sans être inquiété. Nerveux, son cœur bat vite. Dehors, des officiers et des soldats hilares jouent aux cartes, ils sont une vingtaine en tout, les jambes bottées allongées sous la table. La vieille bistrotière, avec son bonnet à l'ancienne et ses joues rondes, effectue un va-et-vient continu entre eux et ses bouteilles et son comptoir. Deux brigadiers français de gendarmerie se tiennent un peu à l'écart. Madalen les remarque aussitôt, parce qu'elle a appris à voir, à sentir et à se méfier. Elle a suivi les règles, elle ne craint rien.

A leur hauteur pourtant, les deux brigadiers l'interceptent :

— Madame, s'il vous plaît.

Ils ont remarqué son visage défait, angoissé, souillé de larmes séchées.

Madalen s'arrête. Ils saisissent sa bicyclette, la jettent à terre. Malmené, le cadre d'acier grelotte, tout comme elle tremblante de peur et de surprise. Là, elle prend conscience que quelque chose de grave se passe : quand les Allemands la contrôlent ils sont polis et calmes ; ceux-là, des Français, transpirent et se montrent plus agressifs. La nature observatrice de Madalen ne la trompe pas. Déjà, les derniers tracts, une vingtaine, pas plus, sont dans la main d'un brigadier qui vient de les sortir du double fond de ses sacoches. Les cordelettes des almanachs des PTT qui les reliaient sont coupées en une seconde à l'aide d'un long couteau avec lequel l'homme nerveux cisaille les pneus, avant de démonter les roues :

— T'en as pas d'autres des comme ça ?

Il lui remue les tracts sous le nez puis la gifle avec. Le tutoiement des miséreux, des pauvres et des perdus. Madalen se protège avec ses coudes. Le brigadier arrache le sac à main d'Aëlle qu'elle porte en bandoulière près du sien, et le renverse.

La boîte à bijoux en verre de Murano tombe par terre sans s'ouvrir. L'institutrice la ramasse malgré la botte qui écrase maintenant sa main. Elle grimace et est obligée de la lâcher.

L'autre brigadier l'attrape et la garde par-devers lui avec un air satisfait :

— Là où on t'emmène, tu n'en auras pas besoin. Montre-moi ton autre sac.

Il fouille quelques instants dedans et lui rend. Celui d'Aëlle reste éventré sur l'herbe boueuse du talus.

Il la pousse jusqu'à leur véhicule noir, une automobile française réquisitionnée par les Allemands, avec une croix gammée peinte sur le capot. Elle s'assied sur la banquette confortable, l'intérieur sent le cuir et le cigare. L'épave de sa bicyclette gît sur le sol. Aussitôt deux clients présents dans le café se chamaillent pour la récupérer et la désarticulent. Ils ont sorti une pièce de monnaie et la tirent au sort. Pas un regard pour elle. Ces hommes n'ont plus d'attention au monde.

Elle voudrait ne pas comprendre que déjà on l'a oubliée, qu'elle n'est plus qu'une feuille ruisselante de pluie résistant au vent. Surtout ne pas se décourager, surtout ne pas avoir peur, surtout ne pas raisonner. La raison s'est échappée. L'inconnu qui sirotait son cidre, maintenant satisfait, se met debout et paye sa consommation. Tranquillement, il rejoint son attelage. La nature trempée de violence n'agit plus sur lui, elle l'apaise avec ce sentiment qu'il vient de faire une bonne action.

La voiture roule doucement, les deux gendarmes s'amusent à impressionner Madalen :

— Ma petite, tu vas en prendre pour un bout de temps avec ce qu'on vient de trouver dans tes sacoches, tu vas avoir intérêt à parler sinon ils vont t'abîmer ta belle gueule.

Dans les locaux de la Gestapo de Cherbourg, rue Amiral-Courbet, Madalen se pose des questions presque familières tellement elle a ressassé les dangers qu'impliquait son action : vont-ils la battre ? Seront-ils français ou allemands, ceux qui mèneront l'interrogatoire ? Les goélands piaillent, bruit de pas sur les pavés, ceux des hommes couvrent déjà les siens, des soldats allemands.

Elle ne sait pas ce que c'est que de battre un corps de rage et jusqu'à épuisement. La rage ne guérit pas. Ils pourront la détruire, elle ne dénoncera pas, elle ne connaît ses amis que sous des faux prénoms. Elle se revoit quand elle pose sa tête contre les omoplates de Roland, quand il nage dans la baie de Crabec, sa force, ses muscles, sa chaleur, ce sentiment qu'elle a eu avec lui d'infini plus que d'immortalité. Elle se fixe en arrêt sur cette image de bonheur. Lui apparaît alors le sourire d'Aëlle, le jour de leurs mariages, lorsqu'elle avait surpris sa joie sur son visage à la sortie de l'église. Auguste embrassait ses mains fines avec son immense bouche et ils riaient. Un bonheur espéré, celui de l'éclat du temps et de sa trace.

Madalen respire péniblement une dernière fois l'air marin, l'inspire à pleins poumons dans un soupir. On la pousse sans ménagement par les épaules vers l'entrée du bâtiment de l'hôtel de police.

Elle se trouve maintenant face à une femme brune aux cheveux roulottés, d'environ quarante ans comme elle, aux lèvres rouges qui mettent en évidence le jaunâtre de ses dents. Elle joue le rôle du cerbère. Elle lui confisque son sac à main, retourne son contenu sur son bureau. Du bout des doigts elle détaille pièce par pièce ses objets personnels, la chaîne de baptême d'Aëlle, seule pièce conservée de la fouille de tout à l'heure, sa carte d'identité. D'un air moqueur, la secrétaire précise :

— Vous étiez plus jeune sur la photo !

A quoi bon répondre ? Avec son index, elle compte quelques pièces de monnaie, observe avec attention les clés de sa maison :

— Celles-là, on va les utiliser, quand on rendra visite à ton mari !

Elle saisit une fiche jaune cartonnée, trempe sa plume dans l'encre violette de l'encrier en porcelaine :

— Identité et dans l'ordre, nom, prénom, adresse, âge et profession.

Puis elle se lève blasée par sa tâche routinière :

— Je vais devoir vous fouiller, ma p'tite dame.

— Je voudrais aller aux toilettes, s'il vous plaît.

— Suivez-moi.

Elle pose ses mains sur son bureau, le décolleté aguichant, et avance en se dandinant. Elles traversent un long couloir qui ouvre sur une courette :

— A droite pour les hommes, à gauche pour les hommes ! A vous de choisir.

Un homme armé posté éclate de rire. Madalen s'avance vers les cabanes adossées à des murs qui laissent entrevoir des jardins potagers. L'endroit sent l'urine. Elle voudrait pourtant ne jamais en sortir. Déjà on frappe à la porte, violemment. Elle tourne le verrou. Millimètre par millimètre, celle-ci grince et se dégonde.

Hier encore, la porte de sa classe crissait de la même manière. Elle pense alors à ces matins quand elle découvre sa classe sommeillant, froide, avec ses odeurs de craie et d'encre, son parquet usé. Juste avant d'enfourner les bûches et d'attiser le feu du poêle. Instant béni avant que la classe ne se remplisse de petits êtres sages et mignons, pauvres mais attentifs à leur « table de vie » qu'ils agrémentent en continu suivant les apports des uns et des autres. Fleurs, têtards, grenouilles, feuilles et fruits.

Mais ici dans cette cour, près des cabanes, il y a juste un lavabo. Madalen demande à se savonner les mains et s'essuie sur sa jupe. Une pulsation, un mouvement contraint, un répit avant la dissolution, la solitude intense l'atteint par degrés.

Madalen et la secrétaire entrent dans une petite pièce de la taille d'une lingerie où des uniformes de police attendent d'être distribués sur les étagères. Madalen est contrainte de se déshabiller. Une femme âgée, sans un regard vers elle, tripote le moindre fil de ses vêtements et palpe les sous-vêtements qu'elle a pu garder. Elle est autorisée à se rhabiller. Puis elle patiente dans cette pièce que les deux femmes ont fermée à clé. Depuis de longues heures, la nuit est tombée sur elle et sur la ville... Elle s'endort sur le parquet. La lune laisse apparaître l'affiche brune de recrutement de la Milice de Joseph Darnand, punaisée au mur, délivrant un message clairement anticommuniste. Y sont peints les insignes blancs de la Milice, les cornes du bélier formant la lettre de l'alphabet grec *gamma*, argent sur fond bleu et cercle rouge qui recouvrent le marteau et l'enclume.

Quand on vient la chercher, elle n'a aucune idée de l'heure qu'il peut être. Deux jeunes policiers la font descendre dans une cave, à pic. L'escalier se soulève comme une mauvaise et vieille barque brinquebalante. Dans une pièce cendreuse, on a disposé une chaise noircie. Madalen se dit finalement qu'on ne peut jamais arrêter et contrôler deux choses : le chagrin et la peur. Les deux hommes l'abandonnent ensuite dans le noir. Plus tard, dans un plus tard douteux, d'autres viennent la rejoindre, hilares, ils auront bu. Ils sont plus âgés, ont l'air moins calmes, plus forts aussi. Ce sont des miliciens, ils sont là pour l'interroger.

En la forçant à s'asseoir sur la chaise, l'un se saisit maintenant au hasard des outils de menuisier qu'elle a vus en entrant sur les étagères : râpes, limes, gouges. Leurs manches en bois dodelinent les uns contre les autres.

L'autre lui maintient le menton avec une matraque en nerf de bœuf séché :

— T'es pas bien grosse et t'es bien pâle.

Il se retourne :

— Laisse, Fernand, pas besoin d'outils pour celle-ci, quelques bonnes claques vont suffire.

Il desserre son étreinte :

— Tu sais, ma petite dame, j'ai jamais aimé les maîtres ou les maîtresses d'école !

Le second plus jeune, peut-être la vingtaine, glousse de plaisir :

— Regarde, elle claque déjà des dents.

Les premières gifles tombent sur les joues de Madalen, elle qui n'a jamais frappé personne et n'a jamais été frappée par quiconque.

Ses cheveux sont tirés vers l'arrière, sa nuque qu'ils maintiennent contre le dossier de la chaise est douloureuse. La prisonnière ferme les yeux. Ils agitent devant elle pour l'épouvanter un article de journal évoquant la condamnation à mort de la résistante Golda Bancic et de ses amis. « *Si les membres du groupe ennemi de la France, commandé par Missak Manouchian, ont été fusillés au mois de février dernier au Mont-Valérien, la seule femme, condamnée à mort avec les vingt-deux autres, la Juive Golda Ban-*

cic, étudiante en philosophie, maman d'une petite fille, devrait être transférée à la prison de Stuttgart pour y être décapitée. »

— Tu vois, pas la peine d'espérer grand-chose. Maintenant, on tue les femmes. J'ai vu sur ta fiche, tu déclares avoir un enfant, tu ne voudrais pas qu'il soit orphelin ?

L'autre enchérit :

— Les femmes, on ne les tue pas en soldats, d'une balle dans le cœur, on les décapite à la hache. Tiens, regarde, c'est marqué là.

Elle ferme toujours les yeux en murmurant les vers de Missak Manouchian, qu'elle a lus avec Yolande, lors d'un dimanche poésie à Réville chez des amis, poèmes issus des revues interdites :

« *Comme un forçat supplicié, comme un esclave qu'on brime.*

J'ai grandi nu sous le fouet de la gêne et de l'insulte[1]. »

Les coups pleuvent, sa chaise se renverse. Elle qui n'avait jamais reculé devant les obstacles. Ses cheveux emmêlés au sol, puis relevés par poignées, elle abandonne.

Et quand elle abandonne lui apparaît l'enfant de la cave, ses yeux, ses cheveux, ce regard familier entraperçu. C'est là dans ce souvenir qu'elle

1. Traduction de l'arménien par Gérard Hekimian. Source : *La Poésie arménienne. Anthologie des origines à nos jours*, réalisée sous la direction de Rouben Mélik, Les Editeurs Français Réunis, 21 rue de Richelieu, Paris Ier.

se réfugie. Qui est vraiment cette enfant rousse ? Elle ne doit pas mourir, elle doit prévenir Roland.

Résister, surtout résister, ce mot lui revient intensément. Elle l'avait véritablement rencontré, dans une grotte du côté de Saint-Laurent-sur-Sèvre, en Vendée, sorte d'étable plutôt enfouie sous des frondaisons très denses, où des prisonniers des guerres de Vendée avaient été enfermés plusieurs jours avant d'être exécutés un à un, égorgés en passant la porte, par les soldats du sanguinaire général Turreau. Ce militaire sanguinaire qui a organisé la destruction de villages et le massacre des civils, notamment les femmes et les enfants, lors des guerres de Vendée.

Pendant que le salaud qui la frappe hurle qu'il déteste les instituteurs rouges, elle revoit les murs de cet endroit vus avec ses mains autrefois. A tâtons dans la pénombre, elle avait tenté de déchiffrer des lettres creusées dans la pierre. Elle avait fermé les yeux plutôt que de chercher à voir. Très nettement par la paume de ses mains, elle avait traduit les renfoncements des pierres. Une expérience étrange, d'abord le R puis le E... RÉSISTER, mot gravé très probablement par un morceau de ferraille. Ce verbe, pas un autre, pas de nom, pas de prénom (des paysans, des contingents allaient mourir).

Des lettres pour qu'un jour les visiteurs de cet endroit se souviennent qu'ici, des hommes et des femmes avaient respiré une dernière fois avant de mourir. Résister, le verbe des invisibles. Avec sa sueur, sa peur et son sang juste après, se mélangeant avec celui des autres, un ou une anonyme avait gravé autre chose que sa propre identité. Ce dernier mouvement, sursaut avant la mort et sous ses doigts en le caressant. Madalen avait senti ce mot la traverser, elle l'avait entendu dans la sensation de ce mur, dans sa mémoire. Des lettres lues avec la peau du dernier mot.

Dans quelques semaines, le débarquement des Alliés contre les nazis et leurs complices.

La Chose

On a dit que ma mère a été abusée, euphémisme, pour ne pas prononcer le mot viol, pas crime car à ce moment de la loi, le viol pour la justice n'en était pas un.

Personne n'a su qu'elle me portait, « ils » ont caché sa grossesse. Par honte.

Je lui ai volé son énergie, car après l'ouragan de violence qui a détruit sa raison et son corps, j'ai grandi et je suis née. Je lui ai pris à mon tour sa vie, pour vivre. Rien de tout cela n'a de sens et pourtant je suis là, je suis rousse.

Quelle horreur quand j'y pense parfois.

A mon tour, j'ai eu longtemps honte d'avoir choisi ce ventre, l'utérus d'Aëlle Valvachet, pour m'extirper du néant.

C'est un médecin allemand qui l'a soignée, lors de sa nuit tragique, et qui, ensuite, m'a mise au monde. Dans la mort ils se sont croisés.

Lui sur les plateaux russes, elle en lisière des hauteurs du Nord.

Nous l'avons cherché longtemps, pour qu'il nous raconte sa vérité, il a disparu sans laisser d'empreintes.

Une chose et une trace, voici ce que j'ai été durant les premières années de ma vie.

Ma tante Madalen m'a trouvée puis m'a perdue à la faveur d'une condamnation au tribunal de Caen pour actes de résistance et propos gaullistes. Isolée durant son procès précipité, Roland n'a pu lui écrire et elle n'a pas pu communiquer avec lui. Elle a été aussitôt transférée à Compiègne, dans le camp de transit avant la déportation.

Le chapelet

Ce qu'elles viennent de vivre n'a rien à voir avec un voyage, c'est un transport de corps et d'âmes, de citoyens de nationalités différentes, jusqu'au camp de transit de Royallieu à Compiègne dans l'Oise. Un hôpital militaire, transformé en fabrique à otages pour les nazis avec la complicité de l'Etat français. On y laisse mourir des hommes et des femmes dans des bâtiments alignés poliment, certains meurent de maladie, d'autres sont tués par les gardiens nazis du camp. Lieu pratiquement exempt de végétation, le camp ressemble à une usine, il n'y a pas d'ouvriers, ni de salariés qui pourraient se rassembler là et se lier pour travailler en coopération. Les droits humains y sont effacés dès l'entrée. C'est l'antichambre des camps d'extermination. On y devient un matricule. Les rassemblements sont passibles de pendaison, les sourires de coups de matraque. Des guérites rayées avec des sentinelles nazies, des miradors nazis, des barbelés, des espaces délimités par des murs en bois, cloisons qui accueillent les malheureux, qui ne savent pas encore qu'ils sont malheureux et qu'ils deviendront des victimes.

C'est ici qu'Anne-Marie la Malouine rencontre Madalen Valvachet. Imposées l'une à l'autre par les vicissitudes de la vie dans un camp où l'on pense détacher l'humain de l'humain. Elles doivent vivre corps à corps sur d'étroites couches sales et pouilleuses. Elles deviennent amies. Prisonnières politiques, sur leur vêtement on a cousu un triangle rouge avec deux initiales, NN. Parce qu'elles ont été condamnées pour des activités antinationales, elles n'ont ni le droit de recevoir du courrier ni d'en envoyer. Par décret dit *Nacht und Nebel* en allemand, traduit par Nuit et Brouillard. Leur corps, leur existence doivent disparaître. Pétain, ses complices et les nazis ont signé un pacte avec la mort : l'ordre est donné d'engloutir les résistants dans la brume et de les compacter dans un poudrin incohérent, pour qu'il n'en reste aucun résidu.

C'est oublier l'âme et sa trace. Les deux femmes se racontent jusqu'à ne plus avoir de voix, leur Bretagne, leurs souvenirs d'enfance. Elles n'ont plus d'avenir. Des souvenirs nombreux, parce que la Bretagne a cela d'incroyable :

— Y être né c'est emmener avec soi et partout son mystère, le soleil de Carnac est puissant et dur, il appuie sur le ciel, délivre son message mystérieux et communique avec ses enfants où qu'ils soient, affirme Anne-Marie qui lui raconte une légende ancienne qui veut que les pierres de l'alignement sont des fantômes protégeant les Bretons. On pense qu'elles ne sont pas vivantes et on se trompe, elles possèdent une forme de vie irradiant bien au-delà des terres de Breizh. Elles ont absorbé les prières magiques et chaque personne en détresse peut les percevoir.

— Qu'est-ce que le sacré selon toi, Anne-Marie ?

— C'est ce que l'on reçoit de merveilleux et que l'on ne doit pas essayer de comprendre avec le langage humain. Le sacré ne connaît pas les mots qui détruisent la vie, le sacré ne parle pas, il est présent, magique en chacun de nous.

— Tu penses que l'on reviendra ?

— Je crois vraiment que seules les pierres savent. Aucun humain où nous en sommes ne me semble capable de répondre à cette question. La folie a pris possession du monde.

A Compiègne, Madalen ramasse les restes de mie de pain qu'elle trouve en grattant entre les graviers. Une miette près des cuisines, une autre sur le chemin du block, une autre prélevée de sa pitance. Avec sa salive elle les assemble et forme des boulettes qu'elle glisse ensuite dans sa poche. Ces perles ressemblent à celles qu'elles formaient avec l'argile de Roland, qu'elle cuisait afin que ses élèves les peignent et confectionnent des colliers pour la fête des Mères. Elle malaxe longuement ces résidus de blé entre ses doigts, à longueur de journée, cherchant la texture, la bonne structure. Les billes sèchent vite, parce que de la salive, elle en a peu à disposition. Puis vient le minuscule miracle. Près de la cabane des arrivants, Madalen trouve une cordelette perdue au milieu des empreintes de pas enchevêtrées. Miettes de vie contre miettes de pain. Elle va associer cette cordelette aux billes de pain et fabriquer un chapelet. Un travail de patience, presque incohérent.

Elle y met son mot liberté. Parce que pour ce geste, pour cette collecte, elle prend des coups de bâton. Anne-Marie, sa compagne de captivité, et elle marchent côte à côte sans rien d'autre avoir à faire que marcher, pas regarder, ni même avoir l'air de penser. Elles évitent surtout la morsure d'un des chiens à la gueule puante. Le chien, les chiens n'aiment pas Madalen : elle a le goût de ceux qui ne craignent pas la mort.

Les deux femmes se bouchent les oreilles pour ne pas entendre la révolte des hommes, que l'on prélève d'ici, que l'on sacrifie comme otages. Ils sont appelés pour être fusillés ou pendus dans des villes qu'ils ne connaissent pas. Ce camp est donc une grande épicerie pour les ogres nazis, dès qu'un acte de résistance est commis en France. Pour l'exemple, pour terrifier ceux qui veulent encore résister, on assassine. A été détenu ici le frère de Léon Blum. René Blum, danseur et chorégraphe, qui, déporté, a dansé avec la cendre de l'humanité. Alors si lui n'a pas été sauvé, comment croire qu'un jour on les libérera, ces anonymes à qui on soustrait le seul bien immatériel de leur existence ?

Peu de femmes dans le camp. Parmi elles, certaines ne savent pas ce que se battre pour la liberté et la dignité veut dire. Dénoncées parfois par leur mari adultère, la maîtresse de leur époux, leur belle-mère, une jalouse de village, un jaloux de village. La rumeur tue. C'est la mésaventure d'Anne-Marie qui n'a jamais distribué de tracts. Elle le regrette maintenant car cela donnerait un peu de sens à son calvaire.

Son mari s'est entiché d'une coiffeuse de Saint-Malo, celle-ci l'a dénoncée, ou bien était-ce lui ? Anne-Marie l'ignore mais elle espère que c'est elle. Pas lui. Ce qu'elle sait, c'est que son mari, avec qui elle a partagé ses rêves chaque nuit, à qui elle a dit oui lors d'un serment sacré, n'est pas venu la sauver lorsqu'elle était encore à l'hôtel de police. Pas un mot, pas une lettre. Elle a été enfermée dans la gare, des nuits entières, en sortant d'un train venant de Rennes, alors qu'elle rentrait de sa visite à sa mère malade. On n'a rien trouvé dans ses bagages de compromettant. Elle a été condamnée à la déportation pour « propos anti-allemands ». Comme Madalen elle est institutrice et son directeur d'école est venu témoigner, avec ce courage qui caractérise les hommes bons, possédant l'énergie du désespoir.

N'ayant plus d'amour à donner ou à rendre à ce mari sans scrupules, Anne-Marie se dit chaque jour que s'il le faut elle échangera sa mort contre la vie de Madalen.

Elle ramasse donc maintenant les miettes de pain avec son amie. Elles forment ensemble un chapelet de mie. Puisque Dieu a disparu des allées de ce lieu, elles vont le provoquer, le convoquer.

— Viens voir, Seigneur, ce qui se passe, viens voir ce que les hommes à qui tu pardonnes tout font aux autres hommes, comment nous sentons mauvais, comment nous avons faim, comment entre humains nous nous entretuons.

Elles allaient commencer un second chapelet, lorsqu'un matin on les a broyées à coups de nerf de bœuf dans un train à bestiaux apprêté par les chemins de fer français. Sans nourriture, sans eau, avec un seau hygiénique pour des dizaines de captives, elles roulent maintenant les dents serrées dans les wagons d'une locomotive, une mécanique bien plus vivante qu'elles.

Lors de leur trajet, quelqu'un pense reconnaître à travers une aiguille de lumière les prairies de Tchécoslovaquie, patrie de l'instituteur Frantisek Bakulé dont Madalen et Anne-Marie, grâce à différents illustrés, ont suivi l'expérience et la passion pédagogique. L'instituteur des enfants des rues de Prague voulait former des citoyens par la philosophie, donner des clés aux enfants des rues pour les rendre capables de s'autogérer, de s'émanciper et de devenir des adultes responsables. Armer les plus jeunes, pour une société meilleure, économiquement et humainement, tel était le projet de Bakulé. L'homme qui avait choisi de se faire instituteur des enfants mutilés ou nés handicapés. Certains de ses élèves d'ailleurs sont devenus des artistes célèbres. Celui qui a transformé des tables d'école en établis pour la fabrication en classe de leurs prothèses.

Si elles reviennent toutes les deux, elles correspondront avec leurs classes respectives. Elles s'en font la promesse fraternelle.

— Et si nous nous arrêtions là, dans les bras de Bakulé ? propose Madalen.

Mourir à Prague, voilà ce qui les attend. Le corps ne choisit pas le lieu géographique où il meurt, son point de pression, ni la force de pression quand la terre le heurte. Dans les wagons on entend des voix, celles de gens qui ont reconnu leur rivière, leur patrie, il y a des femmes tchèques dans le convoi, elles crient :

— VITAVA ! VITAVA ! VITAVA !

Madalen prie pour que le train s'arrête là, elle veut marcher, prendre par la main les enfants des rues, les enfants de tous. Le train continue pourtant sa route. Accroupie, l'œil sur la rivière, l'eau sauvage, l'eau libre, l'eau indomptée glisse devant ses yeux.

Elle prie :

« Arrête-nous là, mécanicien du train. Ouvre nos wagonnets, libère-nous, regarde-nous plutôt que de regarder l'horizon enverduré, laisse-nous partir dans la forêt. Décide de mettre en panne ta machine, essaie, essaie une fois et pour toujours. »

Peut-être ne sont-elles pas à Prague à ce moment et que cette rivière aperçue les rapproche des limbes.

Le trajet dure plusieurs jours. Comme celles qui les entourent, les deux femmes voient leurs forces diminuer. Elles jurent dans ce reste du monde qu'on leur octroie de tout entreprendre pour prévenir les vivants.

Madalen a un secret à dévoiler, une prémonition, une certitude, et n'a pas pu envoyer de lettres à son mari pour le prévenir. Peu à peu la vérité s'impose à elle, trouve sa place dans ce trop-plein de tourments. Ce secret, si elle le garde trop longtemps, peut s'échapper d'elle. Avec la fatigue les phrases se disjoignent. Elle perd peu à peu ce qu'elle a à dire, la mémoire lui joue des tours, alors sans cesse elle répète :

— Une enfant, une cave, des tracts, des gendarmes, une bicyclette, ma sœur, la tombe, l'identité, l'enfant est celle de ma sœur, c'est obligé.

Elles tiennent l'une après l'autre le chapelet brunâtre qu'elles ont fabriqué, des dizaines de grains de pain leur donnent un peu d'espoir, il agit comme un talisman car autour d'elles des femmes ne respirent plus, elles s'éteignent sans un bruit humain.

Le train s'arrête enfin. Ici dans ce grand nulle part, on leur sert une soupe claire qui donne le typhus. Dans ce camp à longueur de journée elles ramassent des pissenlits. La sève recueillie permet la fabrication d'une sorte de caoutchouc. Certains jours, elles tapissent des cendres des corps brûlés de leurs amies les marais devant elles. Ce paysage d'une mort qui n'en finit pas devient fertile parce que des cendres humaines servent d'engrais.

Quelques jours après leur arrivée, on prétend que les Alliés ont débarqué en Normandie. Elles vont tenir, ils vont venir. Dans ce camp à longueur de journée des gardiennes les frappent, des femmes meurent, des femmes à peine vivantes viennent remplacer celles qui meurent et celles qui meurent sont réduites en cendres. Les mêmes cendres qui sont disséminées dans l'air et sur le sol pour améliorer le rendement du potager qui entoure les maisons des gardiens et responsables du camp. Seule consolation : les légumes de la terre des morts, les déportées n'en mangent pas, on les affame, on les nie, on les tue et elles vont mourir.

La Chose

Durant la journée, Roland vérifie inlassablement si le petit soulier de Joseph est toujours dans sa poche. Avec son pouce il le caresse, il lisse le lacet. Il n'a pas le pouvoir de pétrir, de transformer autre chose que la terre glaise, celle s'accumulant d'après les sédiments des millénaires. Chaque matin il pense à ce jour où sa vie a basculé, où elle s'est accumulée plus encore, au point de ne pouvoir la porter. Une journée de neige, de joie promise dans ce laiteux de campagne, au point que le sable de Crabec avait invité ce blanc au plus petit bord de l'eau. Les pavés jusqu'à Barfleur avaient éteint le bruit des pas.

Quand Roland s'assied sur la pierre et regarde la mer, tournant le dos à la Vierge blanche qui protège les marins, il sort de sa poche le soulier noir au cuir durci.

A force d'être tripoté, cet objet est devenu son compagnon d'infortune.

Se taire

Sous la chaleur de juin 1945, comme chaque matin à cet endroit, Roland prie en grelottant, en regagnant dans sa mémoire son bonheur brisé.

L'homme s'allonge entre deux rochers longs et ronds, là où avec Madalen il venait au début de leur mariage ressentir les sensations de l'océan. Quand allongés sur les graviers venant d'être quittés par la marée, encore humides, ils s'allongeaient l'un contre l'autre. Elle contre son paletot rugueux cherchant sa peau sous ses lourds vêtements. Dès qu'elles réussissaient à l'atteindre, ses mains faisaient frissonner son corps. Un pouce, un rien, et il redevenait vivant. Alors il prenait dans ses mains lourdes son menu visage, plongeait au plus profond de ses yeux, si vifs, si rieurs, et l'embrassait sur sa bouche fraîche, qui sentait la rose et la jeunesse. Sa femme celte. Celle qu'il n'avait pas eue à ses vingt ans, celle qu'il avait attendue, qui l'avait accepté avec sa jambe en moins et qui l'avait fait maladroitement danser. Madalen et ses seins de statue, son corps masculin, ses pantalons larges et ses chaussures d'homme. Son épouse et ses cheveux courts si doux dans lesquels il se cachait la nuit, juste au-dessus de la nuque, tortillant ses minuscules boucles à sa base lorsqu'il cherchait son sommeil. S'accordant à son souffle, au moindre soubresaut de son corps, rabattant le drap de coton sur ses épaules. Madalen dormait nue et avait institué ce rituel nocturne. Elle était allée porter, d'ailleurs, au bureau de bienfaisance, les pyjamas en lin de Roland, si rêches, qu'elle refusait de laver et de repasser, et qu'il avait fini par accepter de donner.

Dans ce corps il avait été vaincu d'amour, il avait senti revenir des bouffées d'âme et, lorsqu'il repensait aux camarades en charpie, ceux avec lesquels il avait partagé tant de souffrances, sur le front, il lui arrivait de les voir sourire. De penser que la vie qu'il avait attrapée, cueillie avec sa femme, c'était aussi un peu pour eux. Il lui venait alors un sourire calme. Il aimait Madalen pour eux, pour que quelqu'un se souvienne, de ces pauvres poilus, pleins de poux et de grenaille qui n'avaient jamais connu l'amour.

Madalen partageait avec lui ses aventures mortifères de cette guerre dont on taisait encore les atrocités, qu'elle effaçait aussitôt avec des anecdotes de sa classe d'enfants si mignons, si adorablement sages et vivants.

Sur la plage, Roland reste allongé dans la chaleur. Le soleil bourdonne, il ne craint rien, il entend la mer revenir. Il se relève, lorsque les gouttes d'eau de mer éclaboussent le troisième rocher à sa droite, dernier signal pour avoir juste le temps de sauter sur sa jambe valide, secouer sa veste, saisir sa canne, détendre un peu son corps engourdi. Il tourne le dos à l'anse si basse qu'il craint que l'eau ne le poursuive jusque dans les terres, ne l'engloutisse jusque dans ses yeux. Les lieux conservent les drames et les joies et les restituent sans cesse. Il sent la peau de Madalen, il la voit nue. Son absence impose le rythme de sa journée, ritualisée à l'excès pour garder la trace de sa femme que des fous, après l'avoir condamnée, emprisonnent il ne sait où. Les lettres qu'il lui écrit reviennent une à une, par paquets parfois. Elles sentent le voyage d'un temps de guerre, l'odeur du cuir des sacoches moisies, la pluie grise et la poussière. Certaines ont été ouvertes à la va-vite, sans précaution, violentées, leurs enveloppes arrachées tordant ses mots sur les fines feuilles rayées.

Madalen a été transférée dans les camps, à la veille du Débarquement. Voici la vérité. Malgré l'aide de nombreux amis, après sa condamnation à Caen, il n'a pas eu le droit d'aller la voir. Il a eu beau se rassurer, aux frontières du surmontable, il se demande, les bras comme attachés derrière le dos, le corps rempli de détonations douloureuses, quel sens il peut donner à cette souffrance de l'attente : ne rien savoir, ne rien comprendre. Roland quitte la maison à l'aube depuis des mois. Le potier marche longtemps, les oiseaux et les arbres autour de lui émettent un anxieux tintamarre. L'herbe humide luit sous un soleil mêlé annonçant la pluie. Le potier traverse la rue Saint-Nicolas et rejoint le cimetière. Les granites de ses tombes s'immiscent dans le paysage, l'église étend ses grands bras et protège les vivants du vent d'amont, celui qui, après un long voyage des terres du Nord, assaille sans discontinuer la ville. L'église, attaquée, martelée, bâtie sur un rocher en bout de presqu'île, domine la mer. A bien y regarder, elle s'y projette plutôt, se reconnaît en elle. Roland entend craquer le bois des barques des pêcheurs de Barfleur. Quelques-uns chiquent en s'abritant sous l'abri du canot de sauvetage. Chaque matin, Roland est avec eux pour entendre l'Angélus. Les matinées se ressemblent. Il ne va plus prier saint Romphaire, curé de la paroisse devenu évêque, pour qu'il le guérisse de son infirmité. Est-ce vraiment de sa jambe qu'il voulait guérir autrefois ? Roland ne veut pas guérir, ne veut pas revenir du pays des ombres, il s'y maintient sans même en souffrir.

Il contemple l'eau mouvementée, miroir de sa solitude. Il tend une main. Roland pleure son fils chaque jour, un chagrin qu'il voudrait extirper du fond de l'eau. L'océan a pris sa vie et les hommes ont pris son épouse.

Il se demande souvent s'il n'est pas mort parmi ses vivants amis. Son cœur a cessé de battre. Sa pensée, comme un spectre, ne se renouvelle plus. Roland Valvachet a laissé une jambe en 14-18 dans les tranchées et maintenant il la traîne bruyante autour de Barfleur. Un ami lui a déniché du caoutchouc américain qu'il a fondu sur l'extrémité de sa prothèse. Depuis, il glisse moins sur les rochers aux formes maternelles, lisses et courbés, où il ramasse quelques fruits de mer. Il redevient le discret qu'il a toujours été. Le taiseux, le contemplatif, s'émerveillant des heures en regardant téter un jeune poulain sa mère avec en fond d'océan l'église de Barfleur qui sonne tous ses quarts d'heure, soupèse sa peine immense, carillonne son chagrin.

Souvent Thilda regarde la silhouette de son beau-frère achoppant à chaque pas, s'échappant vers l'océan. Elle sait les choses, les devine, mais comment rompre son espérance et lui annoncer la triste vérité ? Inutile de l'accabler avant d'avoir des nouvelles plus officielles concernant Madalen. Elle attend qu'il vienne les lui demander. Lui laisser un peu d'espoir de revoir sa femme plutôt que de rompre ce fil fragile lui semble préférable actuellement.

Thilda et Roland unissent leurs solitudes, se soutiennent, partagent désormais les repas depuis que Madalen a été condamnée.

Inlassablement Roland vérifie si le soulier de Joseph est toujours dans sa poche. Puis il rejoint la statue de Notre-Dame du Bon Retour, ex-voto à la mémoire des pêcheurs noyés. Vigie de pierres à fleur de vagues et d'écume. Vierge passive, immobile dans sa barque blanche en bois, sous sa charpente de verre, tenant son fils dans ses bras. Devant le monument, il caresse les galets ronds posés autour de la vitrine en murmurant et suppliant de ses yeux rougis :

— Je t'en prie, fais-la revenir.

D'autres sont rentrés, du moins il a entendu dire, pas elle. Où est Madalen ?

Il compte les fenêtres du phare de Gatteville, autant que de semaines dans l'année. Il ne peut plus attendre, la vie sans elle reste une épreuve. Sur plusieurs épaisseurs, les nuages écrivent le vent. Un goéland brun envoie son cri éraillé et sonore. Thilda le guette. Pendant qu'elle accueillera ses derniers visiteurs, lui préparera le repas.

Son âme à lui ne dort plus, mais celle de sa femme ? Voyage-t-elle jusqu'ici, au-dessus de la mer, dans les herbes courtes des marais ? A-t-elle pris place dans une des roches de l'anse, où, à cet endroit de leur amour, un grand cormoran sèche son plumage ? Cette roche où autrefois, dans la pénombre du printemps tranchant, elle lui avait laissé cet étonnement lorsque glissant son corps contre ses jambes elle l'avait maintenu longtemps dans son ventre. Roland se souvient encore. Elle de lui parler pendant l'amour, comme cette fois, où presque triomphante, elle lui avait confié :

« Les hommes que j'ai enviés dans ma jeunesse sont devenus banals.

— Je ne suis pas banal alors ?

— Oh non ! »

Roland aimait pétrir l'argile avec elle et leur enfant, comme on pétrit la pâte à pain, même geste ancestral, même force. Avec eux, il avait réinventé sa vie de blessé de guerre. Madalen venait souvent le rejoindre dans son atelier de potier. Le soir, le dimanche. Il aurait voulu qu'elle ne parte jamais travailler à son école. Sa femme lui manquait continuellement, même dans leur lit quand elle n'était pas tout contre lui, tout à fait, peau à peau, il la cherchait sans cesse. Alors, quand elle venait dans son atelier, sur son tabouret, il se positionnait pour la recevoir, jambes écartées, pied et jambe de bois sur des planches surélevées pour plus de confort, au-dessus de la roue qu'il actionnait avec un bâton. Madalen se glissait derrière lui, il attrapait ses jambes pour les caler contre les siennes sur la planche qui lui servait de siège. Elle venait discuter avec lui et même parfois s'endormait la tête posée entre ses deux omoplates, ce qui lui réchauffait les reins. Jamais il n'aurait pensé pouvoir vivre un tel bonheur. Sa femme venait lire le journal et lui racontait les nouvelles d'autres mondes. Il l'accueillait toujours avec la même tendresse. Parfois, leur petit Joseph, installé sur une planche, les regardait, sans rien effleurer. Elle remettait de l'eau quand il en avait besoin dans un pot sur une planche devant lui.

Quelques coups de roue suffisent à monter une pièce de poterie, mais il faut dix ans pour devenir un vrai potier. Madalen formait des boudins pour les cols des pots, elle enroulait l'argile comme elle confectionnait ses tartes et ses tourtes de viande. Les mêmes doigts agiles, le même soin. Le couple pétrissait la terre ; la cuisait, comme on prépare un plat à partager pour des amis.

Les poteries, une fois cuites, traversent les siècles. Alors que sa famille, de chair, d'os, et de peau, n'a pas même traversé une décennie.

Roland veut que tout recommence, tête baissée, il longe le sous-vêtement de verdure du parc, panachage d'arbustes : aubépines, frênes, noisetiers, prunelliers, sureaux noirs, fragons.

Des haies debout, fières, attentives. L'anse sableuse est piquetée de petits bateaux qui ont de nouveau l'autorisation de prendre la mer. La pression nazie semble s'éloigner et avec eux leurs cales remplies de poissons pour nourrir les affamés. La vie fertile, virile, féminine, reprend, sans les absents. Comme durant la Première Guerre.

Comme le veut le vieil adage, les disparus sont morts, avec ce que cela impose d'oublis et de renoncements pour les vivants qui partageaient leur vie. Seul reste leur souvenir en ceux qui les aimaient, le monde ayant soif de rires les oublie déjà.

Intactes, sur la table demeurent, à la même place, les lunettes de sa femme près de son tricot de laine rouge, les lettres reçues pour elle jamais ouvertes, un ancien journal. Le chat Idraël, son préféré, dort une patte sur une pelote. Sur une patère du mur est accroché avec son châle blanc son tablier à carreaux bleus et blancs. Plus loin sur un guéridon, son chapeau de paille, en dessous ses sabots de jardin et ses grosses chaussettes mises en boule. Il croise quelques images volées à sa mémoire aussitôt délayées. Il fait semblant d'avoir faim, d'avoir soif. Longtemps il est resté sans manger, mais sa belle-sœur l'a supplié de ne pas se laisser aller. Il boit son succédané d'orge debout dans le jardin rétréci par la pagaille qui y règne. Tout y pousse de travers, les murs vont finir par craquer sous les épines. Les rosiers de Madalen, ses plantes aromatiques patientent. Le portillon ferme mal, les fenêtres grincent, le plancher de leur chambre n'a pas été ciré cette année, la rampe d'escalier grelotte sous ses mains. La maison depuis l'absence de son épouse s'enfuit comme un grand navire prenant le large vers une destination insensée. Parfois la lumière éthérée et minérale de la presqu'île réveille les esprits, les rafales et remous de la marée les lui reprennent aussitôt. Il respire à son rythme.

Roland erre partout, où qu'il soit. Le vent secoue les murs, l'horloge bourdille, comme des oiseaux saisis par le froid luttant contre la mort. Il perd souffle en claudiquant.

Prédire l'avenir

Thilda ressent le moindre bruit, froissement de la nature, bruit de bêtes et des gens. Imanol avait compris que les émotions naissent et s'effacent tour à tour, tel le chagrin, ce fantôme régnant partout. Peser, soupeser le désespoir ou l'espoir, c'est une question de cartes. La seule question, entre la mort et la vie il n'y a que la tombe.

Les hommes oublient les dangers en pleine lumière. Les cartes permettent de ralentir leur course effrénée au bonheur. Il y a un prix à toutes choses, philosophe Thilda. Pour en gagner un morceau, on ne doit pas craindre de perdre, ou alors on ne vit pas pleinement.

On ne doit jamais se départir de l'ombre, fugitive, le temps qu'elle dure. Thilda ne craint pas l'ombre, elle attend son tour autant que le soleil, la vie pour elle se résume en alternances à traverser sans impatience.

Quand Roland entend la voix un peu chantante de Thilda, il lui arrive de penser que les pierres de sa maison sont vivantes. Sa belle-sœur convoque les fantômes. Les gens sont habités par leurs esprits, elle les aide à se débarrasser des mauvais.

Thilda redonne espoir, déterre les secrets, remue le vent avec la pluie, bouscule les nuits des visiteurs et parfois soigne d'une main seulement posée sur celle en peine. Elle brandit des bougies, offre un sourire sous les larmes, apaise les cœurs gonflés, elle travaille plus qu'auparavant, beaucoup plus, pour oublier que pour ses êtres chéris elle n'a pas su agir à temps.

Depuis 1939, ses clients, femmes ou hommes, ont les mêmes questions sur leurs histoires d'amour qui sont celles aussi de familles brisées par la guerre :

« Va-t-il revenir ? Mon fils, mon père, mon fiancé ? »

Tout ira bien. Serrer fort la vie, pour tenir jusqu'au jour où ces hommes arrachés au port, aux filets, aux vagues, à la liberté d'océan seront de nouveau là pour animer les rues, les maisons, les commerces. La voyante promet qu'ils vont revenir, ceux retirés à cette terre d'eau du Val-de-Saire, où la trace de leurs pas s'efface peu à peu depuis plus de six ans. Ne pas compter les jours, ne pas compter les marées, les cales vides, les ventres stériles. Se souvenir d'une vague nuée de mariages, de baptêmes d'avant-guerre. Depuis lors l'église sonne les trépas à tour de bras du sacristain.

Dès l'été 1945, les prisonniers de guerre reviennent, les ventres des femmes sont déjà ronds.

Thilda attend Roland aujourd'hui, de l'autre côté de leur maison. Pour la première fois, il va consulter sa belle-sœur. Elle a posé son jeu de cartes épais, usé, râpé sur le napperon de famille. A-t-il besoin de croire pour en soulever quelques-unes, ses cartes mystérieuses. Savoir ? Ce qui précède et ce qu'il pressent. Il suffit de lire les journaux et les témoignages, de parler avec les gens des chemins de fer de l'Ouest. Les cheminots ont perdu quantité d'amis lors d'actes de résistance face à l'occupation nazie, et plusieurs sont déclarés morts ou disparus :

Fernand, le plus vieux des cheminots, ose lui parler :

— Ta femme, on ne lui a pas menti, elle connaissait le danger.

Roland n'entend pas, ne veut pas savoir, radote :

— Alors dites, les gars, quand même, où est ma femme ?

Ils se détournent de lui avec leur chagrin à gérer.

Depuis le Débarquement, les guinguettes ont réouvert, les vacanciers sont revenus. Les visages ont changé, vieilli, peu importe. Tous tournent la tête vers les lampions et les grands feux d'artifice sur l'eau. Tous dansent avec les Américains. Certaines femmes ont embrassé pour la première fois, d'autres ont fait l'amour pour la première fois et ont appris quelques mots d'une langue rapide et gaie.

Le village entier y va de ses prédictions au sujet de Madalen, joue à Thilda, celle que l'on critique et que l'on raille pour ne pas avoir empêché les drames de sa famille, mais auprès de qui l'on se réfugie quand tout a été tenté.

On a arraché Madalen à son parterre de roses, celles du printemps, celles du premier soleil et des aubes humides. Aux petits bouquets de ses élèves, au renard apprivoisé qu'ils allaient visiter dans la ferme à la sortie de Barfleur. On a arraché Madalen à Joseph et Joseph à Madalen. L'atelier de potier a été dévasté. Les gendarmes sont venus, ont beaucoup saccagé, pris peu et rien trouvé. Ils n'ont pas emmené Roland, alors même qu'il suppliait de rejoindre sa femme.

Il a pris l'insulte du plus jeune milicien au lourd accent patois :

« Pauvre infirme ! Que veux-tu qu'ils fassent de toi en camp de travail ! »

Les autorités lui avaient promis que tout irait bien pour elle, qu'il ne lui arriverait rien :

« Voyons, monsieur Valvachet, une institutrice, une fonctionnaire, ils vont la relâcher, ne vous inquiétez pas. »

Pourtant, une vieille femme terne et sévère a établi ses quartiers dans le logement de fonction des instituteurs et la remplace. Les enfants ne chantent plus les fenêtres ouvertes. Roland avait donné aux gendarmes des enveloppes avec des timbres, du papier, un crayon et de l'argent pour qu'elle puisse lui écrire. En guise de nouvelles, il a reçu du tribunal de Caen sa condamnation à trois années de déportation.

Il lit depuis lors dans le journal qu'au fur et à mesure de l'avancée des troupes des camps sont libérés et toujours les mêmes images, des corps et des corps morts.

Des femmes et des hommes ont survécu pourtant. Il y a, parmi les rescapés, des Français qui arrivent à Paris fin avril 1945 et racontent que les marronniers en fleur du boulevard Raspail bordant l'hôtel le Lutetia, l'ancien quartier général allemand, les font pleurer. On apprend peu de ces gens d'une maigreur incroyable. Roland est allé attendre Madalen sur ce même boulevard et ce, durant plusieurs jours en mai. Il a vu les fantômes muets sans cheveux descendre du bus et des gens les interpeller parfois violemment alors même qu'ils vacillaient sous la lumière :

— Avez-vous vu ma fille, mon fils, mon mari, ma femme, mes petits-enfants ?

Tous, comme lui, ils ont avec eux les photographies des êtres aimés, ils brandissent des êtres au regard fort et aux joues pleines. Il est allé l'attendre à la gare d'Orsay, à la caserne de Reuilly, au cinéma Rex et à la piscine Molitor. Mais Madalen n'est pas rentrée. Une femme déportée au regard grave a regardé la photographie qu'il lui montrait :

— Même si votre femme rentre, vous ne la

reconnaîtrez pas, imaginez, elle serait comme moi, puante, sans cheveux et amaigrie.

— Elle me reconnaîtrait, lui a répondu Roland.

— Oui, bien sûr, je suis ici, là, c'est vrai, mais je sais que je serai toujours là-bas désormais.

La guerre élimine les proportions, annule les ordres de grandeur. Les millions ont fondu en unités, dizaines, seuls quelques bus déversent son lot de survivants.

Roland était rentré et maintenant il ne souhaite qu'une chose : que les cartes de sa belle-sœur lui redonnent un peu d'espoir.

Thilda l'installe confortablement avec un coussin :

— On a besoin que tu sois bien concentré pour ce que nous allons vivre aujourd'hui.

Elle apporte du café et casse quelques noix tout en regardant ses cartes. C'est pour lui. Elle ne mange ni ne boit, son regard brille.

Il pose sur la table le dernier mot écrit de son épouse de sa minuscule, tremblante et vacillante écriture : « *Roland, je vais chercher les affaires d'Aëlle, ne m'attends pas avant demain, je t'embrasse, ta femme qui t'aime.* »

Ces dernières lettres paraissent si frêles, à bout de course sur ce bout de papier, vertige en bord de falaise. Plein d'inquiétude, épuisé en vérité, Roland regarde avec attention les mains battre les cartes :

— Pour te concentrer pense à toi dans un miroir. Quelle est ta question, Roland ?

— Dis-moi si Madalen va revenir.

Elle brasse son jeu, son regard se vide. Roland s'efface de sa vue, elle part il ne sait où, ses yeux se couvrent d'un voile transparent. Elle lui devient étrangère.

Les mains de Roland tremblent.

— Non, coupe de la main gauche, celle du cœur.

Sur plusieurs secondes, son énergie est happée, il entend battre dans sa poitrine sa vie à peine perceptible. Etrange impression, gorge sèche, les souvenirs tourbillonnent, le son de la voix de Madalen, le premier cri de Joseph. Les larmes, sa rage, ses cris à elle, ses cris à lui dans le canot de sauvetage. Sa colère à lui, lorsqu'elle s'est mise à distribuer des tracts antinazis, « du papier » rien que du papier.

« Risquer ta vie pour ça ! »

Un « ça » qu'elle-même n'aurait pas pu nommer, devenue en effraction dans sa maison et partout dehors, Madalen met en danger son existence par imprudence, ne répondait pas à ses questions, à ses inquiétudes. Elle enfourchait son vélo après sa classe et rentrait juste avant le couvre-feu. Sans un mot, exténuée, elle mangeait, se lavait et se couchait. Parfois la robe était tachée du mélange de farine et d'eau qui avait servi à coller ses affichettes sur les portes.

Thilda se voit contrainte de prévenir Roland :

— Tu dois te vider de tes pensées, je suis en train de te perdre.

Il met sa main tremblante sur le bord de la table. Un rayon de soleil vient de se poser près de lui.

Taire le bruit, taire la souffrance.

Avec les cartes choisies par son beau-frère, Thilda forme devant elle trois colonnes qui représentent, chacune, le passé, le présent, l'avenir. Elle lui explique :

— Le sous-terre écrit sur les galets, qui à leur tour portent les messages en les brassant comme on brasse les cartes. Il transmet l'inconscient et les prières, traduit la résonance des sons perdus dans l'univers.

Ce ne sont pourtant que des cartes, que des petites pièces en carton, pense Roland.

— Oui, mais ce sont des cartes sacrées. Le sacré, Roland, c'est ce que l'on ne peut acheter. Leur signification ne peut être touchée, ni transformée, manipulée comme un objet. Elles sont l'irrémédiable. Les cartes sont des lieux clos, où se dissimule le destin de chaque personne. Comme un champ, comme la tombe dans le cimetière. Elles permettent d'en préciser les contours.

— Des frontières invincibles ?

— Non. Les frontières sont des ouvertures vers l'autre. Un instant, un endroit délimité pour soi. Car le monde est un lieu clos, rempli de turpitudes, et il se referme sur la seule peur universelle, l'événement unique, ce qui arrive aux vivants : la mort.

— Les cartes gèrent ce sacré, donc ?

— Oui, ce que l'on ne connaît pas de soi et des autres. Les cartes sont sauvages, bestiales. Elles ne portent pas notre langage, le leur est pourtant universel.

— Pourquoi alors ton jeu est si usé, si affreux ?

— Tu sais, les beaux jeux n'ont pas d'esprit.

Elle parle d'une voix douce.

— Madalen a travaillé jusqu'à l'épuisement.

— Comment le sais-tu ?

— Lorsque j'ai commencé à brasser les cartes, ma bouche est devenue sèche et amère. Regarde la dame de pique, elle règne sur les morts.

— C'est une bonne carte ?

— Aucune carte n'est meilleure qu'une autre. Sache qu'Isis, que tu vois représentée sur la dame de pique donc, est la femme d'Osiris. Elle va rejoindre son mari dans son royaume.

— Dans quel royaume ? Celui des morts ou celui des vivants ?

— Le rejoindre, Roland, où qu'il soit.

Thilda et ses grands yeux lui sourient maintenant.

— Ta question porte bien sur qui rejoint l'autre ? Mais c'est une carte de la tristesse, la dame de pique règne sur les morts.

Il a coupé au deux de pique, celle des cendres, des secrets, des intrigues et des menaces.

— Je vais étaler les cartes et tu vas en prendre cinq en pensant toujours à Madalen, d'accord ?

Les cartes collent entre elles. Thilda les reçoit face cachée puis les retourne une à une en les disposant de gauche à droite.

Calme intérieur pour elle. Agitation fébrile pour lui. Elle pose ses doigts sur celles qu'ils retournent. La voyante est beaucoup plus bavarde en temps ordinaire. Ses yeux se sont fixés sur le huit et le neuf de pique. Les cinq cartes sont noires.

— Thilda, pourquoi ne dis-tu rien ?

Elle fait lentement non de la tête.

— Nous allons recevoir de ses nouvelles. Une femme va venir, c'est tout ce que je peux te dire, elle va nous rendre visite. Nous devrons bien l'accueillir.

— C'est Madalen ?

— Non, nous ne connaissons pas cette messagère.

— Il y a autre chose ?

— Une fillette apparaît dans ton jeu, comme dans le mien. Nous l'avons en commun.

— Elle est peut-être l'enfant de cette femme ?

— Elle est à nous, Roland, elle vient à nous.

— Hum, cela paraît insensé. Pour Madalen, dis-moi la vérité, s'il te plaît.

— Elle ne reviendra pas sous la forme que toi et moi voudrions.

— Elle ne retrouvera jamais sa classe chérie, n'ira jamais plus prier sur la tombe de Joseph, ne se baignera plus à Crabec, ne posera plus ses pieds dans le sable chaud, ne viendra plus contre moi les soirs d'hiver ?

— Non, Roland, je ne pense pas. Elle serait déjà rentrée, tu en as l'intuition toi aussi, n'est-ce pas ?

Il acquiesce.

— Tu le lis comme moi dans le journal : dans les camps le plus souvent l'espérance de vie ne dépassait pas trois à six semaines. C'est impossible qu'elle soit encore vivante.

— Tu l'as toujours su, Thilda ?

— Non, je te promets. Si j'avais su je ne l'aurais jamais laissée partir ce jeudi maudit.

— Quand arrivera la messagère ?

— Bientôt.

La terre est gelée et l'océan est en colère le lendemain. Vers midi, par un petit chemin dégagé par les soldats américains, Roland rejoint le cimetière comme il le fait chaque jour. La croix blanche à la base de laquelle se recroqueville un ange se désunit de son socle. Le givre se pose sur ses cils :

— Joseph, guide ta maman jusqu'à chez nous, qu'elle rentre. Je t'en prie, aide-nous.

La douceur de sa peau, ses petites dents si blanches, son rire, ses pas dans la rue pavée, il ne veut pas se souvenir et pourtant. L'enfer a pris corps, il n'y a plus de lieu, ni d'endroit, ni de temps, où sa pensée puisse se poser tranquillement.

Sur la digue, il n'y a plus que les filets par paquets, affrontant le vent, où poser son regard.

La Chose

Les cartes miroir de Thilda saisissent notre image à un instant de notre vie. On s'y reflète en partie seulement. La carte est retournée, comme un retour vers soi. Ensuite elle apparaît à la verticale, telle une sentinelle postée sur notre parcours. Dans ce flou, ce mélange de dessins et traces, de lettres, de chiffres, de scènes de vie du grand jeu de mademoiselle Lenormand. Souvent, à ses clients, elle ne laisse choisir qu'une carte, une seule. Troublant pour eux, parce qu'une vie, une mort. Elle enveloppe ses prédictions de sa voix singulière. Un abri imprégné de sons les encourage à l'écouter, elle ne laisse jamais ses clients se séparer d'eux-mêmes, divaguer et se perdre dans des pensées trop sombres. Elle les ramène à elle, avec un timbre doux et fort à la fois qui ressemble à une pulsation du cœur. Quand elle se rend compte que leur pouls se calme, que leurs pupilles sont moins dilatées, alors elle les invite à couper les cartes.

Chez elle, on coupe, on divise, on morcelle avant de rassembler.

La première carte reste la plus importante, la plus signifiante, elle porte la trace des turbulences d'un humain. Thilda est aussi forte qu'un chirurgien : sans ouvrir les corps, elle sait ce qui bat les cœurs, ce qui bat les corps, ce qui bat les âmes. Un médecin a besoin du sang, du fluide, de ce qui retient ou non les destins, les immanences. Géographes des corps, les cartes évitent à ceux qui la consultent de se prendre les pieds dans les racines du grand arbre des amoureux, pour devenir aussi libres que les feuillages lourds luttant sous l'ondée.

Un désir trop grand

Une armoire normande en orme, placée entre deux fenêtres aux rideaux blancs opalins. D'un côté les affaires de sa femme, de l'autre les siennes. Roland saisit son costume de marié, rangé depuis plus de douze ans, amidonné, enveloppé dans une toile de lin. Il le caresse avec ses doigts, glisse son pouce et son index le long des boutons. Il prend maintenant sa chemise blanche usée – depuis le début de la guerre impossible d'en acheter une neuve –, fourre sa cravate mal lissée et ses gants blancs dans les poches de son veston. Il enlève son tablier de potier, ses pantalons, sa ceinture de flanelle. Il est nu dans le miroir piqueté par les années. Il ne voit qu'un corps sans muscles, des épaules larges creusées, un front rayé par la douleur. L'ombre de son chagrin agrandit ses yeux. Finalement, la cravate, est-ce bien nécessaire ? Il s'habille avec lenteur et soin. Ce n'est plus vraiment lui qui s'observe, qui se vêt, dans cette chambre. Il se décompose depuis longtemps comme un ciel effrangé.

Le parquet se tait sous ses pas précautionneux. Il ne veut pas laisser entendre sa présence, car il est tôt ce matin, trop tôt. Il ne veut pas réveiller Thilda.

Dans cette chambre de garçon, il pensait, avant sa rencontre avec Madalen, ne jamais sentir un jour des mains féminines sur son corps. Mais depuis il était devenu un époux, puis un père aimant. Leur chambre était devenue un lieu d'amour partagé dont la vue donne sur le phare de Gatteville, éclairant, complice, leur bonheur effleuré et intense. Roland se ravise avant d'enfiler sa veste, revient vers la porte de la grande armoire. Il embrasse avec ses lèvres sèches la robe de mariée de Madalen. Il la dépend de son cintre et l'étale sur le lit. Il s'allonge dessus et la respire. Devant lui, sur la table de chevet son globe de mariée, avec sa couronne de fleurs d'oranger, les deux épingles à cheveux surmontées d'une colombe tenant dans son bec une branche de laurier. Il en détache une fleur si sèche, si fine qu'elle s'abîme entre ses doigts.

L'odeur du temps, du corps disparu, tellement présent dans sa pensée. Il souhaite s'y enterrer avant de mourir, garder en lui cette odeur avant la terre. Comme au premier jour. Madalen et ses bras longs et fins, ses menottes agiles, ses poignets de jeune fille. Ses hanches un peu rondes, ses seins menus. Toucher la dentelle fine avec ses mains érodées par la terre de potier qu'il roule, malaxe, forme chaque jour. Ses mains carapaces, ses yeux cuirassés, son cœur armure. Ne pas penser au ventre de l'attente du petit Joseph, ne pas penser au ventre de son épouse, à ses yeux bleus romantiques, espiègles, quand venait le plaisir et qu'elle le laissait un peu languir. Remettre la robe où elle est, tourner la clé. Remonter sa chaussette en coton cachou, reprisée et reprisée encore. Ajuster sa jambe de bois.

Ne pas se retourner.

Aller chercher le nécessaire dans la cave, près des filets de pêche, atteler le cheval à la carriole, passer devant la maison, imaginer Thilda si douce et ses cartes magiques, les yeux plantés dans l'âme torturée. Entendre les piaillements des oiseaux de mer, voir le petit chat blanc et son fluide animal le regarder partir la tête haute, voir ses petites dents claires et sa gorge rose, sa langue grelotter. L'animal avance vers lui.

— Je sais, Joséphine, tu as compris où je vais.

Ce petit chat, ressentant l'âme fiévreuse de son maître, le retient un instant. Pourtant, personne ne retient ce qu'il n'y a plus à retenir. Roland est rayé des vivants, égaré en ce monde. Il se tient désormais à la frontière initiale.

Son protocole est prêt. Gardien d'un amour démantelé par deux destins, Joseph et Madalen, tous deux à jamais ensevelis dans l'invisible, avec la rieuse Aëlle. La famille Valvachet est maudite.

Les rejoindre.

« Avec un peu de chance, les bêtes de la nuit me mangeront et ne laisseront que quelques os, vite repris par d'autres bêtes qui ne seront peut-être pas des bêtes, mais aussi puissantes qu'elles. Le soleil, la pluie, le vent nettoieront. »

Roland a laissé ses deux cœurs mourir sans réagir. Il en assume la responsabilité.

Direction la Hague, pour la première fois depuis la mort d'Aëlle, la malheureuse, morte d'on ne sait quelle fièvre. Imaginer mille fois Madalen arrivant là-bas pour récupérer ses affaires, être arrêtée le même jour.

Puis le Débarquement, croire naïvement qu'elle allait rentrer bientôt, que Compiègne n'enverrait pas aux bourreaux nazis ses derniers convois.

Et maintenant, regarder la mer, traverser le bois de Maupertus, où se cachent les fées normandes, les mignonnes miloraines, sous la hêtraie. Les pressentir, sourire.

Roland passe par Cherbourg, sous ses plâtras de guerre, des malheureux mendiants crevant de faim guettent glacés, à bout de corps, sur le port, l'arrivée des bateaux. Puis les landes, les grandes landes de la Hague se rapprochent. Longer le cimetière où se trouve la tombe d'Aëlle, sur laquelle a poussé l'herbe grasse, masse ronde endormie sous un ciel tellement bas. Remarquer une vieille femme maugréant contre une enfant au bonnet rose ne ramassant pas assez vite la terre relevée du soussol, celle d'une tombe fraîche qu'elles disposent par poignées dans une brouette. Elles sont autorisées à prendre un peu de la terre du cimetière pour la revendre aux jardiniers et amateurs de pommiers.

La meilleure. Il pense : Voici deux malheureuses ramasseuses de terre. Au moins, la mienne, personne n'aura besoin de la creuser, de la recueillir. Je ne donnerai de peine à personne.

L'enfant morveuse, à peine couverte d'une chemise et d'une sorte de pull, les yeux bleus perçants, recule ses mains à chaque assaut de la femme. Celle-ci tente de lui briser les doigts avec une petite pelle, pour qu'elle augmente sa cadence.

— Allez, dépêche-toi, qu'on récupère nos six sous avant midi si tu veux qu'on mange.

Quelle belle enfant tellement minuscule, de quatre ans peut-être, se dit Roland.

Il attache son attelage près de la mairie et rejoint à pied le rondelet noyer, l'unique de la commune où lui et Madalen ont gravé leur amour dans un cœur autrefois. Il caresse avec ses doigts les feuilles de l'arbre triste et suit les contours de leur œuvre commune.

Maintenant il scrute au loin la mer, suit le petit chemin. Les falaises étirent leurs masses hautes et rondes, de rares éboulis frangent leurs pieds de coulées de pierrailles, elles s'échappent jusqu'à l'océan.

Assis sur un banc en pierre naturelle il repère les inégalités, les singularités, comme ces deux grands corbeaux se mélangeant dans le ciel avec les goélands. A ce moment la nature le porte encore. Il respire à pleins poumons. Sur son visage se lit une expression pouvant être prise pour de l'arrogance tant il est sûr de lui. Il contrôle enfin son devenir. Il revient péniblement jusqu'à l'arbre. Le brou fissuré laisse apparaître les coques des noix.

Les barrières dans ce bocage se replient sur les hommes. Imposant leur quotidien, laissant échapper ici et là quelques vieilles veuves, veufs errants comme lui. Il se fond parfaitement dans le paysage.

Il n'est pas sous ce noyer pour cueillir des noix. Ce n'est plus le temps des récoltes. Roland sort de son sac une corde. Il va se marier avec les ténèbres et faire taire le vent, l'enfermer définitivement dans l'obscurité. Avec ses mains il cherche les cœurs où il a gravé ses initiales autrefois avec Madalen et celui d'Auguste et Aëlle. Le tronc a épaissi, il les perçoit à peine d'autant qu'une multitude d'autres amoureux sont venus graver leur amour près des leurs.

Lui revient la phrase fétiche de Thilda se voulant consolatrice :

« L'homme a créé Dieu à son image, cela depuis toujours, vous n'avez donc rien à vous reprocher. »

L'absence de Dieu et son absence, là. Ou plutôt sa propre absence. Roland a disparu. Nœud coulant, corde solidement nouée à une branche, celle de l'empreinte des amours autrefois calligraphiées, au couteau revenant, survivant des tranchées comme lui. Roland va mourir, c'est ainsi. Il rature son nom.

Il n'y a plus qu'à attendre, il lève ses yeux sans voir. Furtivement pourtant, d'autres yeux le regardent.

Bruissement des feuilles. Deux pieds sales apparaissent. Des mirettes semant des interrogations du haut des feuilles au tronc. Les pieds descendent le long de la corde et une main fine la frôle, celle d'une fillette sans voix. Grognements. Une enfant en morceaux plus que vive, parlant le langage des oiseaux.

Roland observe. Il est debout, déjà dans un autre monde, mort avant d'être achevé. Ses mains tremblent. Il vacille.

L'enfant sort de l'ombre des feuillages. C'est la petite ramasseuse de terre, malmenée par la vieille au cimetière croisée quelques instants auparavant. Cette petite fille intimidante lui montre avec des gestes qu'il doit partir, qu'il la dérange.

Son corps soudain lui manque, les choses se dérobent, il veut se pendre, elle veut qu'il parte. Tout à coup, revenu à lui dans ce regard de reproches, Roland enlève son licol, recule devant cet être singulier.

— Tu es qui, toi ?

La petite fille grimpe plus haut dans l'arbre. Elle ne répond pas. Il attend, de longues minutes. Elle saute, s'échappe par l'autre côté. Elle se tient maintenant debout dans l'herbe haute qui l'engloutit et se couche au fur et à mesure de ses pas. Il range sa corde, honteux.

Roland s'assied contre le tronc de l'arbre, son sac contre son ventre. Il pourra dire à Thilda qu'il a croisé une miloraine, une bien vive. Qu'elle franchit les arbres comme les chats. S'aidant de ses pieds et de ses mains. Ses cheveux de fougères s'entortillent à la lumière humide des branches.

Roland regarde le ciel qui borde l'enfant. Elle se sauve. Mirage d'une petite fille sur un cheval noir, monté par un cavalier sans tête, capuche au vent. Ce cavalier dont il a entendu parler durant toute son enfance, le cavalier des landes.

L'homme s'approche de lui, le promeneur, l'homme perdu qui entend :

— Sachez, monsieur, qu'on ne peut se pendre à cet arbre gravé des cœurs qui pour beaucoup ne battent plus qu'ici dans ce monde, dans un costume de marié, c'est sacrilège.

Et il disparaît avec la fillette. L'ombre de Roland s'échappe vers la brume. Elle rejoint l'enfant mobile, sauvageonne crasseuse galopant avec son ami fantôme. Il les suit du regard, fugacement dans leur prolongement et distinctement les décombres du ciel s'impatientent, l'appellent. Il n'a plus de force pour comprendre les événements et préfère se recroqueviller et s'endormir. Un froid humide le réveille quelques instants après. Il se demande s'il n'est pas vraiment mort.

Roland rejoint le village et l'attelage, il s'est mordu la lèvre, essuie le sang avec un de ses gants blancs et décide de rentrer. Ce qui lui reste de sa jambe redevient douloureux, la vie revient à lui peu à peu. Il passe ses mains sur ses épaules. De la cendre les recouvre. En traversant le village, les lavandières portant le bonnet noir des veuves trempent leurs mains d'amour blessé dans une eau tumultueuse. Elles le regardent avancer, le saluent. Il les reconnaît, ces anciennes amies de chemin d'école, un peu plus âgées que lui. Veuves de guerre depuis toujours, parce que la guerre est présente depuis toujours. La plus jeune lui sourit avec un sourire éclatant.

Sa main frôle des orties, il en arrache une poignée et la serre. Il retrouve la petite enfant de l'arbre, qui pousse la brouette maintenant, son cavalier a disparu, cela ne devait être qu'une apparition. Un délire, une hallucination ? Ses cheveux cachent son visage. La vieille insulte encore la fillette.

Dans les tranchées, il vivait avec les fées, les êtres magiques au milieu des racines et des os. La petite est une fée, mais une fée malheureuse, de celles égarées du mauvais versant des falaises. Elle l'a empêché de se pendre et maintenant la pauvrette ne lève pas même la tête vers lui. A-t-il imaginé sa présence dans l'arbre tout à l'heure ? Il est temps qu'il rentre avant de perdre la tête après avoir choisi de perdre la vie par un désir trop grand de contrôler son avenir, de ne vouloir rien y comprendre.

Roland souhaitait un endroit pour mourir mais une petite fée l'en a empêché. Où est sa place dorénavant ? Son désir d'en finir vient de le rattraper. Rentrer ? Passer voir ses parents ? C'est peut-être ce qu'il y a de mieux maintenant.

Quelques kilomètres plus loin, sa mère l'accueille, les larmes aux yeux. Il la serre dans ses bras. Plus de quatre ans qu'il ne l'a pas vue, depuis l'enterrement d'Aëlle. Dans la maison de son enfance. Toujours la même odeur. Son père vient les rejoindre, il a entendu son cheval.

— Où est Auguste ? demande Roland.

— Il est parti, on ne sait pas, ne pose pas trop de questions, ta mère pleure tellement.

Les visages sont graves.

— Auguste est parti et vous ne savez pas où ?

Silence. Sa mère rougit, ses yeux dérivent.

— On l'a peut-être pris comme résistant, comme ta femme ?

— Ça, on l'aurait su. Nous les prendre ils savent, pour nous apprendre ce qu'ils sont devenus c'est autre chose.

Son père presque trop vite :

— Il est inutile de discuter, on ne sait pas.

— Il n'est pas mort au moins ?

— Mais non !

— Vous ne donnez pas vraiment de vos nouvelles depuis la mort d'Aëlle, vos lettres sont banales.

— Toi non plus, tu n'es pas bavard en ce qui concerne autre chose que des banalités. Dis, tu es si maigre.

— Je vieillis comme vous. Alors, Auguste ?

— Inutile.

— Comment ça, inutile ? On peut peut-être me dire où est mon frère ?

Sa mère se tortille.

— On va dîner.

— Après on causera si tu veux bien, moi j'ai faim, conclut son père.

Louise concocte une omelette avec des pommes de terre.

Il lui vient l'idée qu'il n'est certainement pas le bienvenu. Bien sûr ce matin il voulait en finir, a raté son coup, il n'a peut-être pas les idées très claires, mais cette maison si familière a l'air trop calme, trop lisse. Comment font ces deux grands vieux pour s'occuper d'une si grande ferme ?

Sa mère se retourne avec un semblant de sourire :

— C'est pour venir nous voir que tu as mis ton beau costume ?

— On peut penser ça, oui, pour le voyage, je n'ai plus grand-chose à me mettre, à Barfleur comme ailleurs on rafistole les vieilles fripes.

— Tu pourras prendre les habits de ton frère, il a tout laissé.

— Comment, tout laissé ?

— Oui, ses affaires, ses vêtements, on pensait bien que tu allais passer un de ces jours, on te les a gardés.

— Donc il est mort, comme tous ceux qui vivent dans cette maison ou l'approchent ?

— Je t'interdis de dire une chose pareille. Tes accusations, on n'en veut pas ici, rétorque le père sévèrement. Mets-toi à table.

— Je n'ai pas faim, papa, je vais vous laisser.

— Avec la mine sinistre que tu as, mange donc un morceau.

Il va chercher trois assiettes, chasse l'image de la même table autrefois quand la famille rassemblée l'occupait.

Oui, il est sinistre, sa mère a raison.

— T'es pas beaucoup venu ces derniers temps, commence Eugène.

— On ne pouvait pas avec les boches.

— Tu aurais pu demander des papiers pour passer, on est libérés depuis des mois.

— J'attendais Madalen, je craignais de m'éloigner de la maison.

— Tu n'as toujours pas de nouvelles ?

— Non, rien, même à la mairie on ne nous dit rien. On ne sait pas vraiment dans quel camp elle a été déportée, ils disent qu'ils la cherchent. Je suis allé plusieurs fois à la sous-préfecture de Cherbourg, j'ai laissé mon nom.

— C'est embêtant, malheureuse chérie, murmure doucement Louise, qui en profite pour mettre sa main sur les épaules de son fils. On a plus que notre lot de misères dans cette famille.

Leurs fils ont ramené des étrangères, elle a réussi pourtant à les apprécier.

— Mange, mon gars, ça va être froid.

Le dîner dure un court moment. Roland redemande une dernière fois :

— Bon, pour Auguste, dites-moi.

— Bon, on ne va pas te mentir, il est bien vivant,

mais avant on va lui demander si on peut te dire où il est, quand tu reviendras nous te dirons, c'est promis. Tu peux prendre ses habits, il n'en a plus besoin. Il a préféré abandonner son vieux père, que veux-tu.

Eugène ajoute :

— On a tellement honte d'être abandonnés. On ne veut plus parler de lui, tu comprends ?

— Vous n'êtes pas abandonnés, voyons, je vous écris chaque semaine !

— On a la poisse, la vraie poisse, si je connaissais un sorcier j'irais jusqu'à lui donner deux vaches pour qu'il calme tout ça, mais c'est trop tard.

Louise pleure maintenant.

— Ton père a raison, c'est trop tard, notre famille est fichue, il ne nous reste que toi, vraiment que toi, et tu ne venais plus. Donc, pour ton frère, je te dirai où il est mais avant je dois lui écrire pour lui demander son autorisation. Tu veux bien attendre ?

— Ai-je le choix ? Je vais revenir dans quelques semaines.

— On a eu trois fils, et voilà où nous en sommes, trois gars et pas de descendance, on vieillira comme on le mérite.

— Arrêtez tous les deux, si Auguste n'est pas mort, j'irai le raisonner, il reviendra.

— Tu peux toujours, j't'en souhaite du courage pour le ramener.

— On verra.

La lune commence à poindre, dans un ciel encore

clair. La journée bascule de façon étrange. L'ordre des priorités vient de changer. Ramener son frère ? Comprendre. Il explore les visages de ses parents, sans vraiment se souvenir quand il a été leur enfant.

— Sois prudent, souffle une petite voix, écoute bien, écoute mieux, ici on te parle des gens que tu aimes, et tu n'entends pas tout, tu oublies ceux qui vont avoir besoin de toi, tout près, pour qui tu seras le point d'accrochage.

La Chose

Moi et la Barbelé nous vivions de façon liminaire, en bordure des autres, à l'autre bout du village. La plupart du temps je me sauvais dans les landes, je rejoignais mon seul ami, le cavalier sans tête. Un être sans prénom comme moi, sans visage, sans identité. De la route d'Omonville-la-Petite, il venait mais on n'entendait ni ses sabots ni le claquement de sa cape au vent, c'était un spectre. Il m'emmenait vers les landes, je courais vite malgré mes petites jambes et bondissais sur son cheval pour de longues chevauchées.

J'ai entendu Roland ce jour-là demander aux femmes du lavoir :

« Comment s'appelle la petite fille que je viens de voir ?

— Bonjour d'abord, Roland », avait répondu la femme d'un pêcheur.

Il l'avait reconnue :

« Bonjour, Eugénie. »

En parlant de moi elle avait pris un air détaché :

« C'est une petite qu'on appelle la Chose, je ne peux t'en dire plus, elle n'est pas de chez nous, on ne sait

comment la vieille bourrique l'a récupérée. C'est certainement pas à elle, mais personne ne peut l'approcher. Elle attaque comme un chat de gouttière affamé si on veut s'occuper d'elle.

— Pourquoi l'appelle-t-on la Chose cette gamine ?

— Ça, je peux pas te dire, hein, vous autres, on sait pas. »

Les femmes ont haussé les épaules et il est parti en me fixant du regard, la Barbelé lui jetait des mauvais sorts.

Après avoir joué une demi-journée dans les landes avec mes amis de légende, je brossais avec mes doigts mes cheveux serpentés. Avec les embruns, ils se collaient les uns aux autres, ces reptiles remuant sur mon crâne.

La Chose comme on me surnommait n'avait pas bonne réputation. Je volais des pommes et des œufs dans les poulaillers, je me faufilais partout. Je surveillais avec elle les cimetières alentour, repérant les tombes fraîches, je m'asseyais pendant qu'ils creusaient sur le petit tas en trop. J'attendais parfois qu'ils aient creusé et encore creusé, parfois l'un des hommes me donnait un morceau de pain ou un biscuit. Je dérangeais comme ma tutrice. Je prenais « le trop des morts », les dépouillais avant leur tombe, quand on ne pouvait plus rien leur enlever de vivant. Voleuse de terre des morts, voici ce que j'étais. Personne n'eut l'idée d'aller chercher plus loin me concernant.

Parfois, des gendarmes venaient pour s'emparer de moi et voulaient me confier à une institution. Mais toujours la Barbelé réussissait à me garder. J'étais la conscience maltraitante du village, car d'autres enfants comme moi traînaient les chemins. On nous appelait les mendiants de guerre. Grâce à la vieille Barbelé, j'évitais une sorte d'errance, on savait où j'étais. La vieille affirmait que j'étais sa seule famille, que la commune devrait payer l'hospice si mes yeux ne remplaçaient pas ses yeux, si mes mains ne concoctaient pas son repas, si mes menottes ne saisissaient pas la terre des pommes et des poires. La terre des cimetières, celle qui donne les plus beaux fruits. La mairie l'aurait à charge si on m'enlevait à elle. On attendait mes six ans, l'âge pour l'école, promettait le maire, on m'enlèverait enfin à elle :

« Y a bien le temps que vous me la preniez, regardez, touchez mes vieilles mains lisses et froides comme des cailloux de verre, cette enfant c'est mon avenir. »

Je me souviens de Roland ce jour-là, avec sa tête des mauvais jours. Je n'allais pas laisser personne abîmer mon arbre. Je ne parlais pas à l'époque, je grognais. Je ne peux oublier ces moments de froid et de misère, je m'y satisfais, ils me caractérisent. Je suis une fille de cimetière, une ramasseuse de terre. Grâce à cet arbre, j'ai rencontré les personnes les plus essentielles à ma survie. Le cavalier noir, mon compagnon des légendes de la Hague, puis Roland et Thilda.

Quand je mange des noix, que le brou me salit les mains, je reste des heures à regarder ses taches sur ma peau. J'ai toujours beaucoup aimé les arbres et les arbres m'ont trouvé une famille.

J'ai de la sève dans mes veines.

Je suis une miloraine, avec ma petite chemise blanche, je me fondais en plein brouillard, dans leurs feuillages, et je gardais non pas de l'or, mais le sol des morts. Je l'ai tenu jusqu'à mes presque cinq ans, il a façonné mes doigts.

Quand je fouille l'argile de mes poteries, je pense aux vers de terre glissant sur ma peau et avec lesquels je m'amusais. Ils sont le signe d'un sol en bonne santé. Les veines c'est pareil. Plus elles sont formées et dodues, plus elles travaillent pour la santé de celui à qui elles appartiennent.

Anne-Marie

En octobre 1944, lors d'une nuit sans lune, Madalen, prise de fièvres, est morte. Jusqu'au matin Anne-Marie a gardé le corps froid de sa compagne de détresse contre elle. Après l'appel de leur matricule, les gardiennes sont venues chercher sa dépouille avec des détenues. Debout dans la cour, Anne-Marie a vu le corps nu sortir sur un brancard avec celui de deux autres femmes. Dans cette terre de détresse, que les hommes piochent sans fin, le délire aurait mieux valu que la réalité.

Quelques jours après, les Soviétiques ont ouvert la grande grille, ont écrasé les barrières de barbelés avec leurs chars. Après la panique, quelques fusillades, personne n'a plus eu le droit de sortir des baraquements, durant des semaines, la zone n'étant pas sécurisée.

Au début de l'année 1946, les trains viennent d'être remis à la circulation. Barfleur, elle l'a imaginée aussi grise, aussi bleue, aussi verte et liquide. Ses chaussures tapent sur le sol, battent la mesure sur les pavés.

Anne-Marie a loué une chambre à l'hôtel, les yeux cachés par ses couvertures elle réfléchit et s'angoisse. Elle n'a pas encore repris son travail dans son école, elle revient de Suisse où des bénévoles ont invité celles et ceux, la plupart des enseignants, mais aussi des ouvriers et des fonctionnaires qui reviennent des camps, pour recouvrer des forces. Ses poumons manquaient de souffle. Elle a pu goûter de nouveau à la vie : se baigner dans les lacs, se nourrir de produits, légumes et fruits frais. Elle a rencontré de si belles personnes, là-bas dans les montagnes, des personnes revenues comme elle de l'enfer et qui lui avaient donné la force de guérir, de vaincre la haine, de réfléchir au pardon.

Mais comment aborder le mari de son amie, qu'elle pense connaître mais qui lui paraît si ténébreux et secret ? Elle l'observe durant plusieurs jours, penché sur la tombe du petit Joseph, près de la tombe d'Imanol, le devin. Elle n'ose pas l'aborder et rentre à l'hôtel.

Ces gens reliés, les Valvachet, vont-ils accepter qu'elle rentre dans leur cercle pour déposer son message ? Se débusquer, comment se présenter à quelqu'un dont on a partagé l'intime, mais qui ne nous connaît pas ?

Se taire et attendre. Son corps de survivante tremble, elle cache ses mains que les cicatrices ont déformées dans les manches de son chandail.

« Elle a les mains trouées », a dit un enfant croisé à Paris, lors de son retour.

Allez, vas-y, Anne-Marie, seul le désir nu en amour vaut la peine qu'on hésite. Tu n'as pas d'enjeux de cette sorte. En regardant de plus près ce qu'elle a à dévoiler, il lui vient l'insupportable. Elle marche sans prudence peut-être vers la mémoire de cet homme, qui n'a rien réclamé et qui peut-être exigera plus qu'elle ne pourra lui donner. Il lui réclamera sa vie à elle, en échange de celle de sa femme :

Pourquoi est-elle revenue et pas elle ?

Il réclamera le butin de son couple désarticulé. Sa mémoire à elle n'est pas sa mémoire.

La mer l'entoure, une eau arrachée aux étoiles. La femme glisse vers ce port navire tourmenté. Elle patiente le long des bordures de l'anse de Crabec. La fumée s'élance des cheminées de la maison aux volets gris décrite par Madalen, les chats sont là, pas tous, les arbres et arbustes de l'entrée emmaillotent la lumière. Le froid humide la surprend.

Elle répète les mots, un à un, les assemble, puis les désassemble, testant leur cohérence tout le long du chemin. Elle balise ses phrases, convoque sa timidité, refoule sa souffrance et les images entrées à coups de pioche dans sa mémoire.

Les récits de Madalen n'auront pas son intonation. Ils viendront à Roland des lèvres d'une étrangère. Pour se souvenir de son amie de déportation, Anne-Marie passe de longs moments devant son école, elle imagine sa classe, observe la cour, les hortensias bleus, le préau. Elle entend les enfants courir et rire avec leurs voix claires comme celle de l'eau de pluie dévalant les rues. Elle les entend mais ne les voit pas, car elle n'est pas avec eux, elle est ailleurs, Anne-Marie, dans un cauchemar qui la poursuit. Que dira-t-il, Roland, lorsque sa voix à elle vacillera, annoncera, réécrira ? La peur la saisit. Elle entre dans l'allée des chats noirs, la maison de Madalen et de Roland, et elle rebrousse chemin. Elle n'est pas prête. Pas encore. Elle a encore trop de mauvais souvenirs à se remémorer avant d'aller affronter la promesse à Madalen.

En rentrant à Saint-Malo, elle a surpris des corps harnachés, se donnant du plaisir l'un et l'autre. Son mari avec une femme, la coiffeuse de la rue des chats. Et ce visage penché sur lui n'était pas le sien, et elle aurait tellement voulu que ce soit le sien. Ce qu'elle possède dans sa maison, ses casseroles, ses assiettes, ses lainages, ses draps, ses couvertures, ses livres de Robert Desnos, les magazines de pédagogie moderne, cette femme le lui a volé, brûlé en pensant que son corps l'avait été lui aussi. Cette amante terrifiante l'a dénoncée à la Milice comme résistante pour garder, seule, son mari. Anne-Marie a failli devenir, sous la fureur d'une locomotive des chemins de fer français crachant la vie, un cadavre. Parce qu'elle avait croisé ce visage-là, celui de la coiffeuse du bout de sa rue. Après une visite à un de ses amants de la Gestapo, Martine, la coiffeuse, l'a possédée en quelque sorte. Les jaloux ravissent toujours le tout. La seule chose qu'elle ne lui a pas volée ce sont ses petits élèves, parlant le patois gallo à châtier, si empreint d'humour, et dont elle notera de nouveau bientôt les expressions chaque soir dans un « canepin ». Des enfants d'une école de campagne, d'où on voit la tombe de François-René de Chateaubriand sur son île-rocher, inaccessible sans marée exceptionnelle, ou à marche forcée dans l'eau.

Une tombe, une vision. Le mot amour, parfois le pire des traîtres.

Les tombes la terrorisent et la perspective d'accentuer le chagrin de celui qu'elle doit rencontrer, de celui qui chaque matin longe la rue du fort de Barfleur pour rejoindre la tombe de son enfant lui paraît insupportable.

La Chose

J'ai longtemps parlé aux bêtes, surtout aux oiseaux qui se moquent des hommes qui abîment la terre et s'abîment, broient leurs propres sourires. Les feuilles, les arbres, les pierres parlent. Roland m'a confié que ma tante marchait souvent pieds nus et entendait la voix des pierres de Crabec.

Les vibrations traversaient son corps et ses ondes prenaient la place des pulsations de son cœur. Madalen décodait leur message. Comme le code morse en quelque sorte. Jamais ils ne lui ont dit qu'elle allait périr. Elle avait reçu le message suivant : les grands oiseaux de mer connaissent ceux qui ont le pouvoir de briser le corps de l'homme. Jamais ils n'iront « nider » dans leurs maisons, jamais une hirondelle ne viendra nicher sous leur toit. Les oiseaux reconnaissent les monstres parmi les monstres. Les pierres gardent les secrets, les joies et les chagrins, les taisent et un jour les dévoilent. Roland m'a très tôt montré son rocher préféré.

A mon tour j'y ai posé mes pieds nus. Puis l'homme que j'aime et moi y avons fabriqué de l'amour, fabriqué des réserves de baisers, nos pieds s'y sont rassemblés, sous la pluie, sous la lune, sous le soleil. Ils se sont mélangés aux algues multicolores séchées. Les pierres ont fouillé l'eau et le sang, et ont promis qu'elles ne les oublieraient pas, ces orphelins de larmes. Alors parfois la terre tremble, elle parle, crie, se révolte. Longtemps je ne l'ai pas entendue car je ne voulais pas revenir de ce monde qui me prénommait « sa Chose ».

Avec des bras vides qui avaient refusé de me bercer.

Sur le rocher de ma tante, quand j'entends la colère, je la prends avec moi, je la berce longtemps.

Je tiens toujours, lorsque je m'installe sur son rocher, le chapelet qu'elle a fabriqué dans un endroit qui ne la connaissait pas et qu'elle ne connaissait pas. Grâce à ce chapelet de salive, une partie d'elle est revenue à la maison, grâce à Anne-Marie, une Malouine, institutrice laïque comme elle, aux abords du pays gallo.

Dire ou taire

Anne-Marie écrit finalement à Thilda et Roland pour annoncer sa venue prochaine. Elle va poster sa lettre de Valognes : elle les prévient de sa venue, alors qu'elle est déjà arrivée. Qui arrive et qui repart ? Elle ne sait plus très bien, est-elle messagère ou une gisante ?

Elle n'en peut plus de se morfondre dans son lit, de se réveiller en sursaut, de se ranger à ses certitudes et, le matin venu, de les abandonner. Elle n'en peut plus de manger à petites bouchées ses tartines beurrées sous l'œil curieux de sa logeuse qui tape sur la table avec sa grosse cuillère :

« Vous n'êtes pas bien grosse, mangez donc ! Je vous reverse du lait. »

La cuisinière chasse d'un geste sa réponse négative. Son grand bol, qu'elle tient à peine des deux mains, se remplit à nouveau.

« Buvez donc, on ne sait pas qui nous mangera ! »

Si elle savait ! D'où elle a survécu les hommes dressaient des chiens pour les rendre haineux, les fours avalaient les corps des gens qui ont vécu et aimé. Un endroit où la mort ne tenait plus qu'un second rôle et où les pervers et les sadiques s'arrogeaient le premier.

— Allez ! Ce midi je vous ferai des légumes à la crème avec des œufs.

— Non, je ne mange pas le midi, mais ce soir, volontiers.

L'hôtelière se faufile maintenant de table en table, affable.

Anne-Marie achève sa lecture du journal, replie ses lunettes, puis monte dans sa chambre. Elle se coiffe, passe une robe beige qu'elle a retirée du paquet que la Croix-Rouge lui a attribué à son retour. La robe lui va bien, on lui voit les chevilles seulement. La maigreur et la blancheur de ses jambes sont cachées. Pas de bas : elle n'en a plus. Elle enfile des chaussettes fines et noires dans des brodequins confortables, venant du même lot. Elle fixe enfin son chapeau. Elle quitte l'hôtel puis marche vingt minutes, en s'arrêtant de temps en temps pour regarder le ciel de traîne, rosé et bouillonnant à l'horizon. Après avoir longé une allée d'arbustes rendus squelettiques par les derniers vents, elle entre en toquant à la porte du cabinet de divinités. Les chaises sont vides, car Thilda ne consulte pas le mercredi.

Celle-ci a entendu la messagère dont elle tient la lettre dans la main. Elle descend son escalier tranquillement, en souriant.

— Bonjour.

— Bonjour, madame Valvachet, je suis une amie de Madalen et...

Elle croise un regard parfait, symétrique, confiant.

— Oui, j'ai reçu votre lettre, je vous en remercie, vous êtes attendue et la bienvenue, vous savez.

— Je n'osais pas. Je suis là depuis quelques jours déjà.

— A l'hôtel ?

— Oui.

— Vous viendrez vous installer chez nous si vous le souhaitez.

Commence alors la rencontre entre Thilda et cette femme préfigurée par les cartes, la messagère.

— J'ai beaucoup de choses à vous dire, à vous raconter, annonce Anne-Marie.

— Oui, voulez-vous boire quelque chose ?

Elles s'installent dans le petit salon, bleu clair donnant sur la roseraie.

— Fermons un instant les yeux, vous voulez bien, donnez-moi votre main.

Sa main est si douce, si fine, si sèche mais trouée de cicatrices qui émeuvent Thilda :

— On va se parler entre femmes et ensuite vous ferez la connaissance de Roland, il ne pourra pas tout entendre très vraisemblablement.

— Je me doute, vous allez m'aider, j'ai des choses à vous confier, je ne sais si elles sont vraies ou non.

— Fermez les yeux et dites-moi ce que vous voyez, l'image qui vous vient ?

— Je vois l'océan et les remparts, un lieu plus étendu que Barfleur, où je suis née, ma ville de Saint-Malo.

— Qui voyez-vous là-bas ?

— Les rues sont vides, sauf des chats et des rats qui y survivent.

— Vous y avez encore de la famille ?

— De sang, non, mais mon mari oui, en fait mon ancien mari, parce qu'il a divorcé pendant que j'étais en camp. Divorcé, oui, il pensait que j'étais morte, mais il a épousé sa maîtresse et...

Les lèvres se figent, les mots sont bloqués.

— Elle et lui m'ont dénoncée à la Gestapo, pour que je leur laisse le champ libre, pourtant je vous promets, madame Valvachet, le divorce je l'aurais accepté. Nous n'avions pas d'enfants.

— Les choix des jaloux sont toujours très étranges. Que voyez-vous encore ?

— Je ne sais plus, je me heurte à mon histoire, mes frontières sont devenues confuses, parce que je n'ai plus de chez-moi et en même temps elles sont si vastes à passer puis à découvrir. Je ne peux ni appeler quelqu'un dans ces rues, ni me retourner.

— Vous êtes ébranlée par votre retour ?

— En fait, je ne suis pas revenue, pour cela il m'aurait fallu un endroit, un lieu et on ne nous a laissé que les restes, et dans ce fouillis de détritus je me perds, je ne me libère pas du noir. Je ne peux rien en dire. J'ai beau essayer et même écrire plutôt que dire, l'ensemble de mes souvenirs me hante et m'impose le silence. Ils m'appuient sur la voix et quand enfin je veux parler, les sons ne viennent plus. Le temps dure trop longtemps.

— La parole morte ? Comment lui redonner un corps ?

— Exactement.

— Et votre corps ?

— Je ne sais pas encore, enfin, je ne sais plus... mais il est venu jusqu'ici pour vous.

— Qu'avez-vous apporté avec lui ?

— Mes cicatrices, mon ventre aride et le feu. Je suis à peine vive et pourtant un volcan mouronne en moi.

— Où avez-vous marché ces derniers jours ?

— Sur les pavés du port, le long des digues et des jetées. Je suis allée jusqu'au phare de Gatteville aux trois cent soixante-cinq marches, l'eau déborde ici. J'ai monté une année en m'arrêtant à chacune des fenêtres.

— Qu'avez-vous vu encore ?

— Je vous vois, je vois ses habitants.

Elle devient rouge, se mordille la lèvre :

— Je ne vois vraiment que mon ombre, elle ne me poursuit pas, elle me devance. Aussi je suis obligée d'avancer plus vite et je m'essouffle. J'ai marché pour vous parler, avec mes souvenirs. Au lieu d'y voir clair, ils s'emmêlent en dehors de moi et au-dedans de moi. J'ai failli repartir parce que le silence de l'ombre me menace. Je ne suis pas certaine d'être vivante et pourtant mon ventre de femme remue de nouveau de sang. Le silence m'impose et je m'impose le silence. Ils sont ensemble, je vis la transhumance, mais je ne garde aucun troupeau.

— Vous avez du chagrin, Anne-Marie, et ne voulez pas en ajouter à d'autres.

— C'est cela. Je suis enfermée dans une impossible phrase, mon silence ne veut pas se rompre et pourtant, je veux me laisser dériver, passer de l'autre côté du versant de cette montagne infranchissable, épaisse et lourde, ruisselante comme les remparts de ma ville, les digues soutenues par le vent de la vôtre.

— Vous taire alors ?

— Mais se taire, madame Valvachet, ce n'est pas vraiment le silence en soi, cela reste un faux silence.

Elle prend dans son sac un joli mouchoir qu'elle garde dans sa main, elle en tourne les coins avec ses doigts.

— Effectivement, il faut aller vers la libération même si cela paraît douloureux, accepter de dériver comme un bateau surpris par l'orage, avec des mots qui ne sont plus vraiment des mots.

— Comme vous l'exprimez si bien cet état où je suis déportée.

— Oui, DÉPORTÉE. Vous n'avez plus les liens, ne vous inquiétez pas, ils reviennent toujours par des chemins de traverse. Si vous le souhaitez et le temps qu'il vous faudra, nous pourrons apprendre à marcher à vos mots. Adopter l'ombre. Les laisser saisir les liens sans vouloir les contrôler, les laisser se composer et se recomposer sans cesse comme le font les rêves. Nous allons boire du thé, un ami m'en a rapporté de Guernesey. Aimez-vous le thé, Anne-Marie ?

Comme son prénom est doux dans la voix de cette femme.

— Ensuite, mes cartes, celles que vous voyez là, sur leur napperon, si vous le voulez bien, iront chercher votre ombre.

Anne-Marie s'habitue peu à peu à l'odeur de la pièce. Rumeur de feu placide dans la cheminée, sièges confortables, capitonnés, coussins moelleux.

Les fées ont ce don d'approcher l'amour, de le rejoindre, d'y renoncer sans s'en échapper vraiment, parce qu'elles sont du côté de ceux qui n'ont rien, et pensent qu'avec ce rien surgit quelque chose. Dans le tout, on se perd et on tue, le trop aspire la jalousie et le pouvoir. Le rien, personne n'en veut, il est le lot des rabaissés, des oubliés, des exploités, mais il est un lot comme un autre.

Le monde ferme ses fenêtres et Madalen les avait ouvertes aux vents et aux voix de ses élèves. Des voix mêlées aux vents de mer et ces voix en suspens, il était encore temps de s'en saisir.

Thilda entend son beau-frère. Elle lui demande d'entrer. Prévenu par sa lettre, il sait qui elle est. Elle raconte maintenant avec précision, en ne mélangeant pas les événements. Torture. Coups.

Bâtons. Faim, oh mon Dieu, SOIF. Lettres interdites. Chiens. Sang. Mort. Humiliations. Corps, cendres.

Les failles dans l'ombre, les brisures dans les rochers, les griffures sur la peau et les corps. Anne-Marie tient dans la paume de sa main l'histoire qui n'intéresse personne d'autre que ces deux inconnus en face d'elle. Elle dévoile à la voyante et Roland devient devin. Inversement des temps, du temps et des certitudes, elle jette les mots.

— Voilà ce que j'ai à vous dire : votre femme, Roland, est morte du typhus, mais avant nous avions parlé, nous avions même construit notre amitié avec de la salive et du pain.

— De la salive et du pain ?

Elle leur montre le chapelet de mie de pain, qui comme les cartes de Thilda devient le médiateur.

— Madalen l'a fabriqué miette à miette avec sa salive.

— Montrez-moi, demande Roland.

— Il est à vous, je vous le donne.

Roland reconnaît la façon qu'avait Madalen de modeler la terre, avec ces boules un peu plates aux extrémités, la même forme que lorsqu'elle travaillait les perles de pierre dans l'atelier.

Il caresse l'objet, le détaille.

— Il est beau, ce chapelet, la croix est si fine, parfaite.

— Oh oui.

Il le respire maintenant, le tortille dans sa main, puis le repose sur la table.

Thilda sert le thé. Ils s'observent, leurs regards se posent sur le chapelet puis reviennent vers l'invitée.

— Voilà, Madalen, vous le savez, a été arrêtée le jour où elle allait chercher les affaires de sa sœur décédée.

— Oui, c'était ce jour-là, confirme Roland.

— Elle est allée jusque chez vos parents, Louise et Eugène, jusque-là, rien d'anormal. Elle distribuait des tracts dans le Cotentin, les déposait dans des cachettes. Il y en avait une dans la cave à cidre de vos parents, Roland.

— Peut-être, je ne peux vous dire, elle n'était jamais allée aussi loin à vélo que ce jour-là.

— Elle a déposé son colis, ses tracts dans la cave de vos parents. Je sais que cela va vous paraître incroyable, mais il y avait une enfant dans cet endroit sombre.

— Dans la cave ? Une enfant ? questionne Thilda.

Anne-Marie acquiesce.

Thilda pense à la prophétie reçue devant les déferlantes du phare de Gatteville :

« *Quand atteindra le jour d'un début d'hiver une messagère, venant des catacombes de l'humanité, de l'irrémédiable, viendra t'annoncer, sous un ciel d'étain, la venue d'une enfant à qui tu devras donner le goût de l'absolu.* »

— Ensuite elle a été arrêtée.

— Et mes parents, qu'ont-ils dit à propos de cette découverte ? Parce que dans la cave à cidre ils y vont deux fois par jour au moins. Impossible pour eux d'ignorer sa présence.

— C'est justement ce qui inquiétait Madalen. Quand elle leur a demandé, ils ont parlé d'une vieille folle, que cette enfant était sa petite-fille. Mais Madalen a douté jusqu'à sa mort, elle ne faisait que parler de cette enfant. Je voudrais, Roland, que vous alliez voir, c'était il y a un peu plus d'un an et demi, on doit pouvoir la retrouver. Pour tout vous dire, elle se persuadait que la petite était sa nièce, et donc l'enfant de sa sœur.

— C'est improbable, mais je vais aller voir mes parents et enquêter. Anne-Marie, je vous remercie, murmure Roland stupéfait, qui se saisit du chapelet de mie de pain et se lève sans toucher au thé.

Puis se ravise tout à coup et revient sur ses pas. Il prend les mains d'Anne-Marie assise droite sur son fauteuil. Il les garde dans ses grands doigts de terre cuite. Il ressent toute la fragilité de ses poignets et de ses doigts, telles des brindilles agglutinées et ravinées par la pluie sur la route boueuse qui prennent les gouttes sans mot dire.

D'un signe, Thilda l'encourage. Puis avec une infinie délicatesse, il repose les mains sur la robe fleurie de la visiteuse. Les dernières mains qui ont tenu celles de sa femme, il vient de les tenir à son tour.

— J'ai une question, l'enfant dans la cave de mes parents, savez-vous sa couleur de cheveux ?

— Madalen a dit qu'ils étaient roux.

Thilda et lui se regardent avec beaucoup d'inquiétude.

La vérité

La culpabilité le domine, elle recouvre ses pensées, et quand, le soir, Roland devrait s'abandonner à son corps, celui-là ne lui laisse aucun répit. Ses raisonnements continuellement ressassés peuplent ses journées, ses minutes, ses secondes.

Ce n'est pas possible qu'Aëlle soit morte, ensuite Joseph, puis Madalen. Aucun livre n'imaginerait une telle série d'improbables drames.

Ou alors quelqu'un a mystifié leur biographie, car leur famille est reliée de toutes parts par les liens du sang. Mauvais sang ou mauvais sort.

La maladie, la souffrance du corps, qui crie sans être entendu, Roland les a connues. La souffrance de Madalen il se l'approprie. Mais l'autre est toujours l'autre, il n'y a jamais un assemblage complet, une fusion totale des perceptions avec celui que l'on aime.

Il ne voulait pas qu'on lui enlève la pénitence qu'il s'impose depuis la disparition de sa femme. Il veut souffrir pour Madalen, et Anne-Marie, avec ses yeux calmes et doux, vient arracher ses tourments.

A force, ses reins se bloquent, ses mains gémissent et se grippent. Il n'est plus bon à rien. Il y a depuis longtemps des gravillons dans ses rouages. Roland pense le présent mais n'est plus présent à son existence. Ritualisé, il effectue les mêmes gestes, à la même heure : chercher le pain, lorsqu'il a l'assurance de rencontrer le moins de monde possible, éviter les quais à la marée, ramasser les crustacés dans des coins de pêche les plus éloignés possible, même si sa déambulation pénible aurait dû le lui interdire.

Il est entré dans une histoire, à la fois sienne et autre. Comment retrouver trace d'un passé qui s'efface peu à peu ? D'images et de sons. Une pluie sourde tombe sur les pavés déjà mouillés.

Barfleur papillonne de voiles, de gros vapeurs pour Le Havre, de cargos américains pour Cherbourg. De points colorés sur le pont des bateaux ; les gens vivent. L'océan mange les bruits et les âmes secrètes. Roland s'assoit à l'endroit des baisers d'autrefois. Il ne ferme pas les yeux, car parfois il imagine qu'elle sort de l'eau, qu'elle secoue sa serviette avec ses gestes vifs, qu'elle grimace en essuyant ses cheveux courts, et qu'elle les frotte si fort qu'ils vont s'arracher.

Madalen qui fait tout toujours trop vite.

Il croit reconnaître son intonation, mais aussitôt se ravise. Alors qu'il l'avait tenue dans le possible, au plus près de lui, la silhouette fantomatique qui vient lui rendre visite n'est rien d'autre que la buée dans ses yeux.

Celui du lâche.

Celui qui laisse sa femme et son fils crever. Celui que la guerre a anéanti et pas à pas, alors même qu'il n'a jamais eu l'idée de se fâcher contre la guerre. Quel âge ? Il aurait mieux fait de ne pas naître. Cinquante-deux ans et mourir pour de bon. Il se fâche, mais contre lui-même, et cela lui prend son temps, son énergie.

Il ne s'appartient plus.

Est-elle encore à lui, cette souffrance ?

Plus un endroit ne le rassemble. Morceau par morceau il erre sans sourire, sans expression. Il ne parle plus pour dire, ni pour taire. Aussi, depuis que cette femme est arrivée à Barfleur pour lui parler de Madalen, et qu'il l'a écoutée, il tarde à aller voir ses parents et cela malgré sa promesse.

Ainsi, son épouse lui appartient encore un peu.

Impossible de décrire cette visiteuse, une femme « comme tout le monde », comme toutes les autres. Elle n'est pas Madalen. Mais elle détient une partie de sa réalité. Elle lui ressemble, même métier, même port de tête.

Ils sont semblables, elle et lui, et c'est pour cela qu'il la fuit.

Elle s'est installée dans la chambre d'amis, au-dessus de sa chambre. Il entend les grincements du lit, ses pas sur le parquet, elle redonne vie à cette partie de la maison. Il surprend même le froissement de sa chemise de nuit quand elle se glisse entre les draps.

Mais c'est impossible, le plancher est trop épais.

Il divague.

Sa présence l'insupporte. En début de matinée, lorsqu'elle apparaît, toujours bien mise, sentant bon, les pièces sont saisies d'un léger tintamarre. Son attention se fixe sur les bruits, les casseroles quand elle met à chauffer le lait, le couteau à pain, contre la planche de bois. Il essaye de comprendre où elle se trouve dans la maison pour l'éviter, avant de se réfugier dans son atelier. Puis, au déjeuner, les bruits familiers recommencent quand elle concocte le repas, avec ce qu'ils peuvent acheter grâce aux tickets de rationnement. Il épie ses doigts nus, ses mains trouées, quand elle lui tend son assiette après l'avoir servi.

Regard furtif. Thilda engage des conversations passionnantes avec elle.

Lui, muet, tendu, ténu. Elle, souriante et fragile. Il pourrait souffler dessus, la faire vaciller, mais dans la clarté de ses yeux, il voit qu'elle a déjà disparu.

La vie de Roland grince autant que le sommier qu'il perçoit la nuit.

Elle s'est hissée dans un train pour venir leur parler. Il imagine ses efforts pour monter les marches du wagon et de nouveau être secouée, par la locomotive et son sifflement, la même locomotive qui les a amenées vers la mort.

Si l'âme de Madalen erre désormais parmi des millions d'autres, au centre de l'Europe, là ou entre deux guerres, Aristide Briand et tant d'autres avaient lutté pour rétablir la paix, cela voulait dire qu'il était maintenant veuf, du clan des veufs. Il s'est rendu chez ses parents qui n'ont pas parlé. Ils se sont butés, ont parlé d'une histoire inventée : jamais il n'y a eu de fillette dans la cave. Ils l'ont regardé, l'air navrés. Quand il a demandé à voir Auguste, ils ont prétendu qu'ils lui avaient écrit et qu'ils n'avaient pas encore reçu de réponse. Roland a promis de revenir les voir bientôt.

Les jours passent. L'intruse patiente l'hiver, elle lit, marche longtemps et lentement, elle ne boite pas. Toutefois ses pieds la portent à peine. Tintinnabule dans les rochers, maladresses, fatigue. Les perceptions de Roland sont démultipliées et il voudrait qu'on le laisse tranquille.

Anne-Marie est, elle, devenue pierreuse, distante et froide, et c'est alors qu'il a commencé à la regarder attentivement, quand il ne l'a plus entendue.

Elle change ses habitudes : elle sort la nuit et dort un peu le jour. Elle accueille les clients de Thilda, prépare la table des cartes, fait des biscuits pour le thé. Elle ne se promène plus dans le jardin. Elle s'enferme, il ne peut plus la regarder que de loin. Roland cherche en vain le froissement de sa robe contre les hortensias de l'entrée de son atelier.

Alors il va l'observer de plus près. Il l'attend

devant le portail près duquel il arrache les mauvaises herbes. Elle ne lui dit pas bonjour. Il vient d'apprendre qu'elle doit rentrer le lendemain en Bretagne et cette nouvelle le panique. Il l'attend au portail.

Il lui demande un peu durement :

— Voulez-vous m'accompagner ?

Elle hausse les épaules, sans entrain :

— Pourquoi pas ?

Ils longent la baie sans un mot puis, au moment d'arriver aux premières maisons de Barfleur, Roland stoppe ses pas.

Il sourit tendrement à Anne-Marie, comme traversé par une certaine joie, ou du moins un apaisement. Les yeux fixés vers les découpes de roches, formant des murailles avant les premières maisons, ils avancent tous les deux en silence.

Au retour de leur promenade, à l'heure du thé, voyant Roland détendu, Thilda et Anne-Marie insistent pour qu'il retourne questionner ses parents au sujet de la fillette. Roland accepte, à une seule condition : qu'Anne-Marie reste encore un peu chez eux.

Il demande de l'aide à sa femme dans ses pensées :

« Madalen, mon amour. Ton infirme de mari n'est pas allé te chercher et a tué notre enfant, Madalen, dis-moi, dis-moi mieux, dis-moi encore.

« Cette voix de femme polie, ton amie, dois-je la

croire ? Parce que depuis longtemps déjà je me suis évanoui à ta mémoire, à ta peau, à ta tendresse, à notre souffrance arrachée. Je sais que je dois être là, mais je ne sais plus reconnaître les couleurs, ni entendre la langue des premiers hommes.

« Je suis pollué par le chagrin. Un sonneur sans souffle, qui n'entend plus que le vent au large. Je te voulais entière et me voici avec ton chapelet, mon seul reste de toi, mon seul message de toi. »

Ce matin-là, il déjeune sans un mot avec Thilda, toujours de bonne humeur, aimable, généreuse, et Anne-Marie. Quand les chats viennent miauler sur le perron, il esquisse un petit sourire. Le premier depuis des années.

Il monte dans le car en direction de la Hague. Comme souvent quand la marée monte, le pays s'époumone sous la bruine. Quand s'est-il réveillé ? L'angoisse revient aussitôt et creuse au ventre.

La ferme de ses parents est aphone. Ses vieux sont vieux, ils ont vendu des bêtes, les rhumatismes les empêchent de sortir. Il n'a pas besoin de frapper, la porte chez eux, elle reste ouverte. Une poule picore sur le perron. Il les trouve auprès du feu, sa mère tricote, son père lit le journal, bésicles sur le nez.

Ses parents lèvent la tête, heureux visiblement de le voir. Eugène plie son journal tranquillement, le lisse avec sa main.

— Ah, c'est toi, Roland.

Il ne répond pas.

« Parlez, car mon silence se fâche. »

Sa mère se lève avant qu'il ne l'approche. Il avance une chaise, celle du bout de la table, et s'assoit. Pose sa canne et ses deux mains sur la table, symétriques, et rassemble ses pensées. La pièce de vie lui semble plus étriquée, plus sombre, fatiguée. Il est environ deux heures de l'après-midi. Il tenterait bien la force des fous, il les secouerait en leur posant mille questions, sans queue ni tête. Il les interrogerait en les torturant, il prendrait le tisonnier et les en menacerait. Sa canne, il la lèverait bien haut pour qu'elle leur tombe sur le dos. Ils ne peuvent quitter la pièce. La maison se prolonge derrière lui, il n'y a pas d'échappatoire pour eux.

Sa mère s'est assise sans l'embrasser, elle n'a jamais vu son fils dans un état pareil, aussi calme, les yeux fixes, presque arrogants. Lui si timide, si mignon, si obéissant. Elle fouille dans ses souvenirs, le revoit marchant à quatre pattes jusqu'au pied de la table, au même endroit où il se tient actuellement. Ses menottes si rondes, ses baisers si doux. Où sont donc ses enfants ? Louise se recroqueville comme un chat sous la pluie. Eugène hésite à prendre le large. Il les laisserait bien là tous les deux, dans ce silence qui n'entend plus ni la mer, ni le ciel, ni les pierres. Ce silence mendiant des réponses à des questions sans fin, une question plus précisément.

Roland ne veut pas bouger, son regard se fige

sur un lointain dont il ne se souvient plus vraiment s'il a été réel, celui des baies de la Hague que la lumière quand elle apparaît furtivement emmitoufle de génie.

Dans ce huis clos, Roland se doute qu'ils vont parler. Lucidité exaltée ou naïveté, il ne se mettra pas en colère, ne brisera pas les murs témoins, les objets tiers, l'air complice de ce qui s'est passé ici. Plus il attend et plus son corps s'immobilise, brutalité rêche dans laquelle il s'immerge.

Commence la longue litanie des incriminés :

— Tu veux quoi, tu ne vas pas rester comme ça des heures, tu vas nous dire, bon sang de bon sang, ce que tu nous veux ! T'es devenu fou, mon pauvre garçon, ces filles de Nantes t'ont tourné la tête, elles sont notre malheur. Y a pas eu assez de Joseph, il fallait qu'on perde tout le monde et toi avec, regarde ta tête, tu fais peur, dis-nous, va falloir que tu nous parles, on ne va pas t'attendre, on va sortir de la pièce.

Là, Roland cingle la table de deux coups secs avec sa canne, alors que sa mère essaye de lui tourner le dos. Elle se saisit de son tricot, se met à compter à chaque point de laine, au son des aiguilles. Son père poursuit sa lecture, il a compris pourquoi son fils est là. Il vient demander des comptes et lui n'a rien compté.

Oui, il a compris plus encore que sa femme parce que lui sait. Il était là et quand il a été vigilant les détails se sont recoupés, il a enquêté et découvert la vérité, il a ensuite tailladé ses valeurs à grands coups de hache. Celles inculquées à ses enfants autrefois. Roland s'aperçoit de son calme, son trop-plein de calme. Eugène est le plus absent de la scène qui se joue. Alors le fils lève son visage vers son père et le regarde fixement. Les épaules de sa mère tombent un peu, elle réajuste son châle. Eugène veut attiser le feu. Deux coups résonnent encore sur la table :

— Tu nous emmerdes, Roland, retourne chez toi, avec notre belle-fille, la voyante sorcière qu'on n'a pas vue ici depuis des années. On n'a rien à te dire.

Deux coups plus puissants. Son père jette une bûche dans l'âtre et se rassoit devant lui, quand les paroles se glacent comme des flocons de neige et fondent avant qu'elles ne puissent se rendre audibles. On peut s'y cacher, s'y évanouir. Mais quand il se tait soudain, comment ne pas frissonner ?

La nuit marche vers les falaises et atteint les champs. Personne ne bouge, seule la bûche enflammée éclaire la pièce. Les visages se déforment.

— Je vais allumer la lampe à pétrole, dit sa mère qui avance sa main vers les allumettes.

La lumière de la lampe un instant surprend la pièce. Une heure s'écoule encore. La pénombre atténue la tension, le vent s'engouffre par la porte, le froid engourdit les corps.

Une voix, celle d'Eugène :

— Tu as raison, mon fils, on a fauté, mille fois

fauté, je suis allé me confesser, ta mère aussi, mais ta mère avait moins à se reprocher, ça je te promets. Tu pourrais presque la laisser en dehors de tout ça.

Louise se mouche furtivement. Elle s'approche de son mari, s'assoit sur le banc. Ils sont en face de Roland. Enfin l'orgueil chute. Il va savoir.

Roland se concentre, son cœur doit se taire. Soliloque du père :

— Une nuit, Aëlle, tu ne le sais pas, a été souillée, déshonorée par Evroult le vorace, l'éboueur si tu veux.

— Souillée, tu veux dire violentée ?

— Oui. C'était l'été, elle rentrait seule des étables. Ce Evroult, comment te dire, nous l'avons eu. Nous l'avons cogné le lendemain de l'agression. On l'a eu, disons, qu'il s'est jeté des falaises, ça je te promets, on ne l'a pas poussé, on l'a rossé, Auguste et moi, mais il a glissé seul. Voilà, on peut dire que c'est nous qui l'avons tué quand même, pourtant ma conscience est tranquille avec le Créateur. Il s'est tué seul. Il tenait encore le gourdin ensanglanté. On était certains que c'était lui. Ta belle-sœur en avait perdu la conscience, il l'avait frappée pour tuer. On aurait pu vous prévenir plus tôt pour Aëlle, mais les boches avaient fermé la Hague, alors on s'est dit que ça allait compliquer, que peut-être Thilda et Madalen allaient vouloir emmener Aëlle pour s'occuper d'elle. Auguste, tu sais comme il l'aimait, il ne voulait pas se séparer de sa femme, il la massait, lui faisait sa toilette, la protégeait, il ne vivait plus que pour elle. Elle est morte de fièvre, d'un coup, elle ne s'est rendu compte de rien, elle n'avait plus sa raison. Nous avons été si égoïstes. Je comprends que tu sois si en colère, mais nous avions si peur pour Auguste. Lui seul pouvait reprendre la ferme et si sa femme restait là on le gardait, sinon nos affaires auraient périclité. Roland, ne sois pas trop dur avec nous, car vois-tu notre pénitence, nous la vivons tous les jours, et plus que notre compte.

Ils ont l'air désemparés mais Roland s'est attendu à n'obtenir qu'une partie de la vérité. Il ne parle toujours pas. Les minutes s'égrènent lentement.

Le feu s'éteint peu à peu, derrière ses parents, le froid rôde. Les ventres gargouillent de faim. Le brouillard a disparu, la lune blafarde s'impose par les interstices de la porte. La mer, toute proche, saturée de varech arraché s'éloigne des falaises. Roland sourit soudain, d'un sourire lugubre. Sa vieille mère alors se décide à arrêter ce cauchemar.

— Allez, dis-lui, Eugène, dis-lui.

— Toi, puisque tu es si maligne, après tout l'idée venait de toi…

— Bon, voilà, Evroult, disons l'abuseur d'Aëlle, a laissé une trace.

Roland hoche la tête, desserre les doigts de sa canne, éloigne un peu ses mains. Décontracte ses épaules.

— Il y a eu un bébé, Roland, une petite fille.

— Et ? demande Roland.

Sa voix impressionne.

— Et nous ne l'avons pas gardée.

Il rit nerveusement.

— J'attends.

— On l'a cachée le jour de l'enterrement et jusqu'à ce qu'elle sache marcher dans la cave à cidre. Ne nous juge pas trop vite, nous voulions savoir si elle avait la folie d'Evroult.

— Et puis... ?

— La vieille Barbelé du hameau de la Roche-Pelée a appris par la vieille Sardine, la faiseuse d'anges, la guérisseuse, que l'enfant était là. Elle l'a récupérée. Elle nous l'a volée, une nuit, on n'a pas osé aller la rechercher, parce qu'on serait allés tout droit en prison avec nos conneries.

— En résumé, la nièce de Madalen, ma nièce, votre petite-fille, a été mise à la vie dans une cave, puis jetée aux tourments chez la plus folle du canton ?

— Oui, Roland, en résumé c'est cela.

Il se lève.

— Avez-vous autre chose à me révéler, par exemple pour Auguste, savoir où il est, ou on reprend notre petit jeu ?

Déjà il repose ses mains sur sa canne.

— Non, rétorque Eugène qui se libère du poids du secret.

Louise n'est pas loin de craquer, Roland observe ses paupières fatiguées.

— On ne sait pas, Roland, on ne sait pas, il

est tard, on va souper et puis tu vas dormir ici cette nuit.

— Je ne soupe pas, je vous laisse.

Péniblement, ankylosé, il se lève, descend la rue, passe derrière les bâtiments et ouvre l'étable à cidre. Il s'assoit près de la fenêtre, contre les sacs de pommes de terre et s'endort, anéanti. Le visage de l'enfant lui apparaît distinctement, et celui de la ramasseuse de terre de cimetière, qui lui a sauvé la vie en protégeant contre ses intrusions morbides l'arbre des amoureux. Il cherchait alors un endroit pour mourir, d'un nœud du bon nœud et hors du cimetière, alors même que l'espérance de rachat de sa famille y avait déjà élu domicile.

Qu'avait dit comme prophétie Thilda avant son départ :

« *N'oublie pas l'autre versant, prends à rebours les histoires de chacun, ne trace pas le chemin à l'avance, rien ne vaut pour connaître l'autre que de s'égarer avec lui dans les chemins creux.*

« *Aussi sombre ton élan vers elle, si tu trouves l'enfant, n'oublie pas, sa part des ténèbres est venue éclairer tes jours.* »

Sidéré, Roland attend que le monde revienne à lui. Il secoue la poussière de son veston et il demeure caché dans l'étable où l'enfant d'Aëlle a vécu les premières années de sa vie. Il n'a pas dormi et maintenant il surveille la porte d'entrée de son père. Il a à peine dormi. Sa famille a joué le jeu des mystères et des secrets, les dieux les ont laissés lancer les dés et laissés perdre jusqu'aux portes et fenêtres des enfers. Ils y sont allés sans prendre les chemins de traverse, sans regarder ni le soleil ni le ciel, et n'ont pas attendu les étoiles pour les guider.

Eugène Valvachet sort de sa ferme. Roland sort de l'étable en pressant le pas :

— Papa, donne-moi la lettre.

Le vieil homme surpris se retourne.

— Quelle lettre ?

— Ne m'oblige pas à me fâcher, donne-la-moi. Tu avais promis que tu me donnerais l'adresse de mon frère. Donc, là, je pense que tu vas à la boîte aux lettres des postes. Je suis certain que tu lui as écrit.

Son père rougit, malaxe et chiffonne quelque chose dans sa poche.

— Donne-la-moi ou je la prends !

Il ne pourra lutter, il est courbé, les yeux baissés. Eugène lui tend une boule de papier, les haies d'arbustes cachent la misère de la scène.

Roland déchiffonne et déchiffre l'adresse :

— C'est là qu'il se cache ? Vraiment ?

— Oui.

— Alors tiens, je te la rends, je rentre chez moi, tu peux ajouter à sa lettre que bientôt je vais lui rendre visite. Qu'il se prépare à mes questions. De plus, Thilda et moi viendrons reprendre la gamine à la vieille Barbelé. Tu n'as pas intérêt à en parler à tout le canton, elle va venir avec nous.

— Je ne préviendrai personne, personne, promet le père en rebroussant chemin.

Roland se rend à la mairie pour s'informer des formalités pour récupérer l'enfant. Il revient quelques jours après que Louise et Eugène ont fourni l'acte de naissance écrit en allemand, signé du docteur qui l'avait mise au monde et qu'ils n'avaient bien sûr pas fourni au secrétaire. Pas de prénom, simplement le sexe de l'enfant : une fille.

Le maire a convoqué Eugène pour qu'il lui raconte l'histoire. A la suite de leur entretien, il a donné rapidement l'autorisation à Roland d'aller récupérer l'enfant. On décide qu'une délégation sera envoyée à la Barbelé.

La Chose

Même si elle ne ramène pas les morts, Thilda est puissante. Elle ne parle jamais de son mari, elle l'a lié à elle, je ne sais par quel enchantement. Il vit près d'elle avec son uniforme de soldat trop petit pour lui. Elle n'a pas besoin qu'il soit physiquement près d'elle, car elle prétend que les morts nous parlent. La magicienne ne se distingue pas dans l'instant, ni dans le passé, ni même dans le présent déjà consumé. Cette femme cherche les failles, les trous, les griffures invisibles et accroche les restes dans les éraillures du ciel. Je dois à Thilda la maternité, elle m'a donné l'amour d'une mère.

Je dois à Anne-Marie mon identité, mon prénom, la tendresse reçue. Elle a traversé le temps et la souffrance pour moi, la Chose.

Avant elle, de mon existence, je me souviens des coups en héritage, des boîtes de conserve pour boire ma soupe, de l'eau des flaques à laper, des papillons survolant l'air et cognant leurs ailes contre la fenêtre de suie de l'abri de misère où je grandissais.

Ils sont venus me chercher, un jour de rosse et de cogne de la Barbelé.

Roland est entré le premier dans la maison, suivi de gens de la mairie, il gueulait :

— La Barbelé, cette petiote, elle n'est pas à toi, tu as menti, on sait à qui elle est.

— C'est bien temps que tu la réclames, celle-là, vous l'avez jetée, les Valvachet, et maintenant faudrait que l'on vous croie que c'est la vôtre. C'est moi qui l'élève, et l'enfant appartient à celui qui l'élève. De partout depuis toujours c'est ainsi. Ne bronche pas là-dessus, c'est l'usage. Moi, je n'ai qu'elle et les chemins où je marche gratuitement.

— On va quand même l'emmener, a dit le conseiller municipal. Viens, petite.

Il m'a tendu la main et je l'ai mordu, sans rien lâcher. Il avait la main douce, de ceux qui mangent trop.

J'ai volé de l'autre côté de la pièce quand il m'a frappée pour que je desserre ma mâchoire.

— La garce, une vraie sauvageonne !

Il a pris le visage de celui qui a hâte de partir, impatient. Je pensais qu'il venait me tuer. En boitant, Roland s'est approché de moi et je me suis méfiée de sa canne. J'ai reconnu mon pendu du noyer, encore que je n'avais pas compris qu'il avait voulu s'y pendre :

— Viens, on a des choses à te dire.

Je ne comprenais pas les mots des humains, je grognais, je pestais et bombais le torse comme un chat en furie protégeant sa pâtée. Il dira plus tard qu'Idraël, le chat de Madalen pas toujours commode, n'avait jamais eu l'air aussi féroce que moi à ce moment-là.

— Vous voyez, fit la vieille, elle ne veut pas partir avec vous.

— C'est ce qu'on va voir !

Roland m'a soulevée, il n'allait pas ajouter une nouvelle lâcheté à ses nuits. Je devais peser une plume. J'essayais de le mordre et je le tapais. Il ne semblait pas sentir mes coups. Il avait la main des potiers et mes dents n'ont pas pu rentrer dans sa peau. Impossible de la trouer ou de l'érafler.

Les autres le regardaient avec un mélange de pitié moqueuse et de découragement. Mes serpents dans les cheveux s'agitaient, je me sentais invulnérable. Ces gens pouvaient toujours me parler, je ne comprenais rien à cette langue mélangée de patois et de français des Haguais.

Roland m'a flanquée sans ménagement dans une voiture à cheval et là, j'ai vu pour la première fois Thilda. Elle a demandé à son beau-frère de me tenir le visage. Elle a posé sa main sur mon front, en crayonnant je ne sais quoi avec son autre main vers le ciel.

Elle tenait une baguette en bois épineuse, avec des cheveux roux tressés. J'apprendrai plus tard que c'étaient ceux de ma mère, qu'elle avait trouvés dans une boîte souvenir en fer-blanc de biscuits LU. Rangés, avec ceux de Madalen. Leur première coupe de cheveux, les cheveux de l'enfance.

Sa voix descendait des cavités de la lune, j'ai senti une rupture. Je me suis aussitôt calmée.

J'ai encore la perception sur mon front de la chaleur de ses mains. Elle m'a caressé la joue avec son pouce, l'a posé sur mon nez. Je ne pouvais plus mordre, mes lèvres étaient collées.

Intensément, presque sévèrement, son cœur bondissait fort dans sa poitrine tout contre la mienne :

— C'est bien elle, Roland, c'est la nôtre, dis-leur qu'on l'emmène.

Elle m'a emmitouflée dans une couverture chaude. Après je me suis endormie. Je me suis réveillée dans la maison de Crabec, dans un lit que j'ai mis en morceaux. Puis quand je n'ai plus eu rien à détériorer, je n'ai plus rien cassé.

Roland et Thilda m'ont laissée manger dans la gamelle à chat, du lait frais avec du pain. J'adorais cela mais quand les chats m'ont chassée, je suis montée sur une chaise et me suis comportée comme mes bienfaiteurs : j'ai mangé avec fourchette et couteau.

Et lorsque je n'ai plus craint les coups me tombant sur le corps comme les averses noires de la vieille Barbelé, je me suis couchée dans le lit qui avait été celui de Joseph autrefois. Les draps sentaient bon. Les serpents de mes cheveux se sont échappés vers le jardin. Ils ne sont jamais revenus.

Je n'ai plus eu faim. Thilda, à l'aide de tisanes, m'a débarrassée des vers qui me mangeaient le ventre. J'étais comme un vieux ticket, poinçonnée du dedans comme du dehors.

Je suis devenue calme, même si aujourd'hui encore je suis habitée par les personnages de mon enfance, mes amis fabuleux, ceux des fables qui s'éloignent et disparaissent sans cesse.

Thilda m'a purifiée en quelque sorte. Car de la bestialité de mon père, J'EN AVAIS PLEIN LE SANG.

Le mistigri

Quand Thilda tirait les cartes, quand elle questionnait son jeu au sujet de cette mystérieuse enfant, c'est le valet de pique, celui que l'on nomme Hogier, un prince danois ayant combattu au côté de Charlemagne, qui sortait. Ce valet fourbe a mauvaise réputation. Dans le jeu de pouilleux, justement c'est la carte dont on veut se débarrasser : les enfants le nomment le mistigri. Ce jeu simple se joue avec cinquante et une cartes. On enlève le valet de trèfle et on tente de reformer des paires de couleur identique. A ce jeu il y a également la variante du pouilleux massacreur. A chaque mauvaise défausse, on pique avec l'ongle, on pince en vrillant pour un trèfle ; pour une carte de cœur on ne caresse pas, mais on peut écraser la main de tout son poids ; pour un carreau à l'adversaire on donne un coup de poing. On massacre et cela amuse les joueurs, voir souffrir son semblable et en être le tortionnaire. C'est plutôt dans cette mauvaise partie que Thilda et Roland vont découvrir leur mistigri en chair et en os. La carte que personne ne veut.

L'enfant est pouilleuse bien sûr, et les plaies sont visibles partout sur son corps. Un vrai carnage.

Au début, quand Roland et Thilda Valvachet parlent à l'enfant, ils lui chuchotent à l'oreille. La voyante l'interpelle souvent en latin quand elle dort. Ces mots naviguent sous la brise marine au-dessus d'elle.

A quel instant naît-on vraiment ? Le jour où l'on met au monde à notre tour ? Lorsque l'on reçoit un diplôme ? Lorsque l'angoisse furtive des rêves disparaît quelques instants ? Lorsque celui ou celle que l'on désire nous fait l'amour ? Lorsque l'on fait l'amour à celui qui nous accompagne et qu'à ce moment unique et instable les yeux se métissent de tendresse ?

Naître et cette possibilité d'exister, de faire cogner ce cœur d'animal sauvage dans sa poitrine. Reconnaître une voix, celle de son propre cri de naissance. Y retourner, séjourner dans cette souffrance, y prendre goût.

Mistigri, chose, enfant. Quel nom et quel prénom pour elle, l'enfant d'Aëlle ? C'est le moment de devenir une miloraine, corps et cœur évanescents, dans une robe cousue de brouillard, avec des cheveux bras, pour s'accrocher aux branches, à ce qui tient vraiment tête à la nature, à ce qui s'enracine.

Aussi, quand l'enfant attrape une vipère avec ses mains, pour la première fois, Thilda en tombe presque à genoux. Les devins possèdent ce don : prendre sans se faire mordre les reptiles, ils muent et se régénèrent continuellement. L'infinité du monde, son renouvellement sont le signe que les dieux réunis reconnaissent l'être humain qui va distribuer le beau et le bien sur la terre. Le signe de ceux qui mangent fraternellement à la même table. Avec la même puissance. A travers ce message Imanol la rassure. L'enfant est donc venue à elle, par le biais d'autres puissances que le crime. Cette instinctive, cette minuscule petite fille est bien une druide, de la lignée des Kermadec de Bretagne.

Eté 1946. A la suite de la proposition de Thilda, Anne-Marie a emménagé chez eux, elle a trouvé un poste d'institutrice pour la rentrée dans le Val-de-Saire, dans une petite école de campagne. Roland a écrit à son frère pour le prévenir de sa prochaine visite. Ce jour-là, avant d'aller le rejoindre, il se baigne longtemps devant la maison. La marée a apporté la pluie d'été. Il éprouve la sensation singulière du corps dans l'eau salée et du visage raviné par l'eau douce tombant en trombe sur son visage. Il ouvre la bouche, avale et avale encore ce qui vient du ciel, étend ses bras, s'immobilise les bras en croix. Puis, l'après-midi, Roland avec l'enfant prend le train pour Bricquebec via Valognes.

Bricquebec croule sous la verdure. La pluie cesse petit à petit et les feuilles s'égouttent partout sur les sentiers verts. Ils marchent maintenant le long de la voie ferrée, accompagnés des ânes et des porteurs de lait. Bruit de bidons pleins, bruit de bidons vides. Voici la meunerie et ses sacs gorgés de graines attendant d'être moulues. Il tient par la main la fille d'Aëlle et donc un peu de Madalen. Il ne serre pas trop fort pour ne pas abîmer le fragile, l'éphémère, le sauvage et l'instant. L'enfant avance calmement à ses côtés.

Ses pensées d'hier et d'autrefois sont secouées sans relâche, dans un présent capricieux. Elles vont et viennent au rythme du chemin de verdure. Comment un paysage imprime-t-il la mémoire humaine ? Voilà ce à quoi il songe en s'approchant du lieu où se réfugie Auguste.

Roland est agité, alors même qu'il est l'homme calme de la famille, l'homme sage, l'homme désempli, déraciné de ses âmes aimées. Accablé, il s'assoit un peu avant d'entrer dans le domaine, celui de la ferme-abbaye des moines de la Trappe de Bricquebec, réputée pour son fromage. La petite fille l'attend. Ils reprennent le chemin et devant eux apparaît un monastère cistercien envahi d'hortensias. Quatre-vingts moines y observent la stricte loi de saint Benoît et travaillent sans relâche, dans une immense ferme. Les moines cultivateurs portent une robe de bure blanche, une ceinture de cuir, un scapulaire noir et se vouent à la prière, à la solitude, et donc au silence le plus strict.

L'odeur du sol inconnu, comme ici aujourd'hui où il n'est jamais venu, rappelle à Roland inlassablement son temps de guerre, que l'on ne peut compter en espace ou en lieu : le souffle haletant, les sinus crevés, l'odorat en miettes, le purin des entrailles et le sang des familles, misère à misère. Terreur quand il n'y a plus d'eau hormis celle qui tombe du ciel. De quel soleil es-tu fait, Roland ? Quels sont les secrets si proches à découvrir qui coulent en toi et qui t'empoisonnent ? Il a l'estomac remué par l'appréhension d'affronter les aveux de son frère.

Auguste, qu'as-tu fait de ta vie entière après la guerre ? Voici la question qu'il se pose.

Et maintenant, il y a l'enfant arrachée au néant que Louise Valvachet a hésité à enfouir sous le fumier avant de finir par l'aimer, cette petite fille si mignonne. L'enfant du secret a été soustraite à la vie. Et il y a eu Aëlle, mains amaigries, diaphanes dans l'eau rouge de son lit. Le courant l'a emmenée. Petits clapotis, l'ombre dans ses veines, la mort et sa peine. Vient la nuit, le sous-terre gronde sous l'assaut du Raz Blanchard, le courant fauve. Carreau de ciel, brisures. Des bras l'ont tirée, l'ont réchauffée, mais son cœur a lâché avant le corps.

Roland est si près de son frère qu'il l'envie, tant cette campagne lui apparaît sereine et calme. Mais il sait que lorsqu'on rentre à l'abbaye on dépose le passé, en entier. On y entre nu, lavé des mains du Père, de père.

Auguste a voulu l'obéissance pour ne plus penser, le travail pour s'assommer, la souffrance du corps, le recueillement de l'esprit durant six heures par jour, au moins pour se sauver et sauver quelque chose des débris et des remords.

Se taire, ne plus parler jusqu'à ce que la langue colle, et se taire pour ne pas dire, pour perdre l'habitude de communiquer avec les vivants. Car les vivants ne doivent pas savoir pour que l'esprit puisse contempler l'univers.

Contempler et sortir de la nuit sans entrer dans la lumière accomplie, tordre l'impression du réel, ne plus devenir, être là, sans être là, ne plus être à la portée de la justice des hommes, mais uniquement de celle du divin.

Voici le choix de vie d'Auguste depuis la mort de sa femme. Mais il manque une part de la vérité, il en manque, prétend Thilda, car les cartes plantent à chaque coupe un sombre décor : les secrets inavouables. Roland vient chercher l'histoire véritable des siens, celle qui éclaire sans consoler. Car il se doute que la vérité va être terrifiante. Il a tiré le six de pique : le cheval de bois entre dans la cité, avec ses soldats. Il symbolise la trahison entraînant de grandes peines morales comme physiques.

Trahison. Quelle est vraiment la signification de ce mot ? Roland va le découvrir.

La Chose

Une autre vie possible – des peaux chaudes pour me réchauffer, me cajoler, une autre langue que les coups, les cris et la folie, que le piaillement des oiseaux, les aboiements des chiens, le meuglement des troupeaux –, je ne pouvais l'imaginer. Je parlais leur langage, je les imitais, je me battais avec les chiens, je me battais avec les chats sauvages.

J'étais si différente, je me comparais à ces homards que je regardais sur le port, dans leur nacelle et qui venaient de sortir de l'eau. Leurs gouttes, sous le regard satisfait du pêcheur, s'asséchaient du nombre de secondes leur restant à vivre libres.

Je pensais, il y a les humains, je les reconnais, ils marchent sur deux jambes, ils bougent leur bouche et un son en sort, et il y a moi.

Quand nous sommes arrivés à l'abbaye de Bricquebec, Roland m'a laissée à l'entrée en compagnie d'un moine, j'ai eu l'impression de passer de main en main.

De devenir un animal de la race des choses.

Le mistigri des cartes de jeu. Celle dont personne ne veut.

Loup et renard

Roland remue la cloche d'airain, confie au frère portier ce qu'il a dans la main de si précieux. Les sabots raclent les pierres, un moine barbu lui ouvre. Murs blanchis à la chaux, parloir, bancs.

— Attendez là, je vais le chercher, vous aurez une demi-heure.

Les minutes, les secondes s'écoulent. Roland est anxieux.

Auguste a vieilli, ou souffre avec son corps, car il n'est plus si vaillant, si fort, si fier qu'avant.

— Bonjour, Roland.

Ils sont assis maintenant sur des bancs éloignés l'un de l'autre.

— J'ai lu ta lettre.

— J'espère, oui, que tu l'as lue.

— Je t'en ai écrit une en réponse, je te la donnerai quand tu partiras.

Roland remue à peine, sa jambe est douloureuse. Auguste, lui, a posé ses mains sur les genoux, il semble calme.

— J'ai amené quelqu'un, tu permets, je vais la chercher. Ne t'en va pas, s'il te plaît.

Il donne deux coups à la porte.

Une petite fille rousse aux cheveux lissés, mignonnement coiffée, peau tannée, taches de rousseur sur le nez, yeux cobalt, portant chaussettes blanches, robe indigo, s'avance. Le frère cuisinier referme la porte sur elle.

Elle ne regarde pas devant elle ni sur les côtés, mais fixe les yeux sur celui qui vient de se lever pour venir à sa rencontre. L'arbre, le noyer, lui parle, celui de son enfance :

« *Le féroce, frémit l'arbre en s'agitant, tu le reconnaîtras car il sent le lait et la cendre. Quand tu étais dans l'eau, celle du ventre de la terre, tu as entendu ses mots, la force de sa voix quand il parlait à ta mère. Regarde ses yeux, vois, vois, son visage pleut.* »

L'enfant pense et maintient la tête haute comme lorsque l'océan voulait lui couper les pieds et prendre sa place sur les chemins des douaniers.

« Arbre, parle-moi encore.

— Tes yeux sont plus puissants que ceux du monstre. Ils sont loup et renard, ils sont moi le vieil arbre, l'arbre et la sève, ils sont les fées. Monte, monte plus haut, plus haut, plus haut, ici on ne te voit plus. Rétrécis ton regard. »

Son cœur se ralentit. Elle tend la main à Roland. Elle est le géant Imanol, elle est aussi Aëlle et Madalen. Elle voudrait parler mais elle n'a pas les mots. Maintenant elle entend le message de son ami, le cavalier sans tête légendaire de la Hague :

« Cet homme devant toi est l'affreux de tes nuits et notre arbre le chasse. »

De sa main gauche, la petite miloraine se met à tracer des signes vifs comme l'épée, qu'elle pique vers Auguste. Il ressent ses ondes, elles lui traversent le corps.

Alors Auguste se met à genoux :

— Pardon, pardon.

La petite continue à tracer dans le vide, elle puise dans l'air, car elle le voit, lui. Roland ne comprend pas tout de suite le dessin qu'elle trace représentant des feuilles puis un cœur sur le tronc du noyer où il avait failli se pendre. Elle griffe dans le vide l'écorce de son arbre refuge, des lettres jumelles initiales. Le cœur de son frère et de sa belle-sœur. Le A de Auguste et le A de Aëlle.

Mais que veut-elle dire ?

— Pardon, pardon, ne cesse d'ânonner Auguste.

Roland est perdu. Tout à coup il devine : elle accuse.

Maintenant les doigts de la fillette pourchassent l'ombre traversant les vitraux du bâtiment. Elle tournoie, s'arrête sur la blessure du mur, où se niche une statue de saint Joseph tenant son fils Jésus.

— Pardon, pardon.

Roland perd patience.

— Arrête, Auguste, nous ne sommes pas là pour te voir pleurer, nous venons pour que tu nous expliques.

— Je t'ai écrit. Prends la lettre et laissez-moi tous les deux, laissez-moi, ici je suis en pénitence. Laissez-moi dans l'incohérence et la démence, partez.

A ces mots, la fillette place sa main sur les yeux de l'enfant de Joseph, elle lève sa main gauche et continue ses volutes.

Et c'est là que Roland comprend enfin. Il écarquille les yeux :

— Tu es gaucher, le seul gaucher de notre famille, de notre école ! Tu es son père ! Oh mon Dieu, Auguste est son vrai père ! Ce n'est pas Evroult le père, c'est toi, c'est pour cela que vous l'avez cachée, pour sa rousseur comme sa mère, puis pour sa gaucherie !

Auguste est à genoux, le visage mutilé par le repentir, les joues gonflées de galets dans sa bouche qui empêchent le moindre mot de sortir. De la poche de sa robe de bure, il arrache une feuille pliée et la tend à son frère, sans un mot. Ici, à la « trappe », c'est cela une trappe : on la ferme et on a le droit de ne plus parler. Ici, il peut garder le silence, vaincre le bruit, le secret, rester hors de la fureur d'un frère. Il peut penser à ses crimes, à son dernier moment de plaisir d'homme dans le ventre de sa femme.

Quand il n'a pas entendu sa nuque s'abîmer sur les pierres, quand il n'a pas vu ses cheveux entortillés dans les ronces et qu'il a tiré son corps pour le prendre en barbare. Quand il s'est blessé les mains pour la blesser, elle. Quand en entrant en elle toute la colère des tranchées et la peur de mourir sans elle, sans son désir et son plaisir, se sont emparées de lui, et qu'il n'a pas entendu de gémissement de sa part, il s'est acharné. Mais il avait tellement bu, tellement eu soif en cette journée de glanage. Il a cru qu'elle le prenait de haut encore, trop fière pour crier, pour supplier, pour demander sa pitié. Et quand il l'a assommée avec le gourdin, il n'a pas mesuré toute la bêtise de sa violence.

Ecrire ce n'est pas comme la voix : il n'y a pas le même engagement, le face-à-face, le courage. Alors Auguste se tait devant son aîné, livide, tout en lui donnant sa lettre fragile, censée absoudre.

C'est l'heure de partir maintenant, de laisser cet homme sans pardon, prisonnier de lui-même.

Dans le train du retour qui les berce, l'enfant regarde avec insistance Roland. Ils picorent des biscuits. Au poignet de Roland, le chapelet de mie de pain danse.

L'arbre des fées prend la parole et chante le vent, chante l'eau à l'enfant : « Tu es le loup et le renard et tu as un prénom, miloraine, à toi maintenant de vivre ton trésor. »

Quand ils rentrent, les volets sont fermés. Thilda et Anne-Marie les attendent dans le salon. Ils couchent la petite fille. Puis Roland remet la lettre aux deux femmes. Thilda la lit plusieurs fois avant de révéler l'horreur.

Auguste avait suivi Aëlle, longtemps épiée, et attendu la complicité des ténèbres. Pendant qu'il la prenait de force, il s'était acharné pour qu'elle le supplie d'arrêter, pour qu'elle lui promette qu'elle serait encore toute à lui et qu'ils allaient retrouver leur amour, là où il l'avait laissé, blessé, torturé. Aëlle s'était laissé prendre, alors il l'avait traînée pour qu'elle l'implore, qu'elle l'adore. Elle s'était tue. Il avait abusé d'elle une seconde fois, pour la punir de son orgueil.

Rendu brutal comme jamais il ne l'avait été. Au moment de son plaisir, elle lui avait été tellement soumise qu'il avait pensé un moment que de nouveau elle l'adorait. Mais c'est la terre qu'il violait, celle d'ici ou celle d'ailleurs.

La Chose

Mon oncle Roland, qui a forcé Auguste à révéler mon prénom, à m'en donner un, ne me l'a toutefois pas dévoilé d'un coup.

— Si tu veux que je te nomme, tu dois habiter parmi les hommes et apprendre leur langage. Je te dirai ton prénom bientôt, mais avant tu vas en apprendre les lettres.

Nous avons façonné ensemble le matériau de ce langage. Plutôt deviné.

— Avec la terre des falaises, celle de la mesure du temps, on modèle, on lisse, on brasse, on remue les lettres avant de les écrire.

L'idée de maîtriser la matière : quelle intelligence de sa part. Sinon peut-être serais-je restée à demi animale. J'ai dû me l'approprier, ce prénom. J'ai travaillé ses mots, jusqu'à la souffrance pour en extraire, de l'autre versant, mon vivant. J'ai formé mes lettres avec de la terre, de sa terre de potier où Roland exerçait dans le Val-de-Saire. Lettre à lettre. Après les avoir pétries, j'ai décocté le secret de mon existence. Ensuite, nous les avons cuites, ces lettres de pierre maladroites et primitives.

Il m'a occupée, les mains et l'esprit, pour atténuer mes brûlures, celles non pas d'être revenue, mais d'être apparue parmi les hommes. Je les avais quittés dès la sortie du ventre de ma mère. Aëlle Valvachet. Sur chaque lettre de glaise humide, nous avons moulé des sirènes, des poissons, des chats et des chiens, à sa manière, car il fabriquait les chiffres des rues de cette façon et beaucoup de Barfleurais venaient les lui acheter. Mes bonshommes à moi n'avaient jamais de tête. Aux enfants, j'oubliais les bras et les pieds. J'imaginais leur peau nue sur le sable, cherchant en évitant les puces de mer, leurs corps dans le reflet des mares du havre de Crabec. Des pieds qui ne laissaient aucune empreinte. Ceux des abandonnés.

Puis quand j'ai su former mes lettres, j'ai appris les sons, doucement. Le souffle de la langue. Parce que lorsqu'ils m'ont récupérée, lui et Thilda, j'avais plutôt l'air d'une enfant sauvage. Indomptée. Je dormais sur le plancher, j'arrachais les draps et les couvertures avec lesquels on voulait me protéger. Je griffais, mordais. Je mangeais dans la gamelle des chats noirs et je passais ma journée avec le petit blanc, Joséphine. Plus tard, le chat si sombre et crâne, le chef des chats de Barfleur, Idraël, m'a emmenée vers les arbres derrière le marais de Gatteville. J'ai reconstruit un monde imaginaire avec lui.

Bêtes et gens m'ont « désensauvagée ». Sauvage, est-ce le bon mot ? Il ressemble étonnamment à cette humanité qui m'avait tourné les talons.

Le monstre

Auguste avait volé la veste d'Evroult, celle que le vorace portait en hiver, accrochée à la porte dans son étable. Puis il était allé la remettre à sa place avant de rentrer.

Mais ensuite, il ne voulait plus qu'elle pense que c'était Evroult son agresseur. Il lui avait brisé les doigts et, sous un rayon infime de lune, avait regardé dans ses yeux et là elle l'avait vu. Un rien mais elle l'avait vu. Il voulait laisser trace de ses frustrations. En effet, cette enfant qui s'était trouvée devant lui, il avait voulu la jeter au fumier. Il pensait qu'Aëlle se réveillerait, qu'elle lui pardonnerait :

« Tu vois, je n'étais pas stérile, je suis l'homme puissant que tu aimes, à aimer encore. »

Fière, elle n'avait pas voulu vivre, alors fou pour fou il avait choisi son camp.

Il y avait bien eu la visite de Madalen, quelques mois plus tard, mais cela ne lui avait pas posé de souci. Monstre qu'il était devenu. Il était allé voir son copain de régiment, entré dans la Milice et en villégiature à côté de leur ferme, pour dénoncer Madalen dont la sacoche restée négligemment ouverte contenait, lorsqu'il avait regardé à l'intérieur, des tracts compromettants. Il avait craint qu'elle ait compris qui était l'enfant. Il l'avait observée pendant son arrestation, patientant dans le bistrot du Bacchus, sans pitié pour sa belle-sœur quand le gendarme la secouait en la poussant dans la longue voiture noire. On lui avait promis qu'elle ne pourrait pas écrire à Roland ; elle n'avait pas pu le prévenir. Le secret aurait dû ne jamais parvenir jusqu'à lui.

Voilà ce que disait la lettre d'Auguste :

J'ai violé et tué Aëlle, même si sa mort est due à l'accouchement, j'ai tué Madalen en la dénonçant à la Gestapo de Cherbourg. Les gendarmes l'ont arrêtée devant moi. Aussi dans ta lettre tu me demandes le prénom de l'enfant. Comme l'aurait voulu Aëlle, comme nous en parlions au début de notre mariage, nous étions d'accord pour le prénom de la grand-mère maternelle bretonne d'Aëlle et de Madalen. Une saulnière, une ramasseuse de sel dans les marais salants du Pays de Retz, une femme très impressionnante qui était de la famille de Naïa, la sorcière de Rochefort-en-Terre. Cette enfant, quand je pense à elle aujourd'hui, moi devenu pénitent, ce n'est pas en l'appelant la Chose, mais avec le prénom de son arrière-grand-mère avec qui durant leur enfance les sœurs avaient passé tous les étés, aidant les paludiers avec leurs grands chapeaux de paille. Si tu veux bien, tu pourras l'adopter sous ce prénom que tu connais puisque les filles l'évoquaient souvent, et surtout donne-lui notre nom.

Tu comprendras que je ne peux signer cette lettre.

Debout, dans la pièce, Roland écoute Thilda et fixe Anne-Marie. Il ne se dit pas qu'il n'a plus de famille, bien au contraire, ce foyer au féminin, d'un regard il promet d'y veiller avec le plus grand soin. Bien sûr qu'il se souvient comment s'appelait la grand-maman des sœurs.

Le chapelet de mie de pain fourmille dans sa main, il le glisse dans sa veste près de son cœur et tapote dessus :

— Un jour, Anne-Marie, si vous le voulez bien, nous irons tous deux marcher dans les rues de Prague.

Le prénom

Les hommes et les femmes du village de la presqu'île du Cotentin, celle où s'arrête l'horizon, auraient pu m'éviter le pire, pour le moins pire. Ils préféraient me savoir avec la vieille Barbelé m'ayant ramassée, plutôt que de s'attacher à la vérité de ma naissance.

Inaudible.

Ramassée, telle une pomme pourrie, tombée à terre, la meilleure pour les oiseaux, mais celle que l'on ignore lors des récoltes. Surnom, d'ailleurs qu'elle me donnait.

Surnom de surnom.

Elle prétendait que j'étais à elle. Elle n'était pourtant pas mon pommier, ça je le savais, les pommiers sont beaux à chaque saison.

Personne ne possédait la clé de ma naissance, alors tout le monde la croyait.

— Si tu dis que c'est ta petiote, alors c'est la tienne !

Je ne tenais pas à la vie, mais en même temps je n'avais pas conscience de la mort. J'ai survécu incorporelle et anonyme. Survivre, au-dessus de vivre, prétend la gentille Thilda Valvachet, devenue, à la fois ma mère, ma grand-mère, mes cœurs rassemblés. Elle m'a appris à lire dans les étoiles, à deviner ce que l'on n'entend pas, qui ne s'écoute pas, qui se ressent seulement lorsque l'on croise l'impalpable :

— Si les bordures de la perception disparaissaient vois-tu, alors l'univers se dévoilerait à nous, tel qu'il est vraiment.

Incalculable.

Le prénom avant le nom avance vers moi avec ses lettres de pierre, tordues, malaxées, pétries dans l'atelier, sous le regard d'un pendu empêché, un soldat blessé, un veuf en repentir, un orphelin de fils, Roland Valvachet.

Mon prénom, je n'en voyais pas même les contours. Mon héritage : une nuit d'épuisement, un sol herbeux, un ventre, un homme, une femme, la violence remontant des falaises, des monstres des grottes affamés.

Ce qui agit avant le nom, je l'ai gagné, en apprenant à lire et à écrire. J'ai gagné le droit d'avoir plusieurs pères, plusieurs mères et de devenir mère d'un enfant qui ne m'appellera d'ailleurs jamais par ce prénom choisi par ma mère qui ne s'est peut-être jamais rendu compte si j'étais née et si j'avais existé.

Je suis plusieurs et unique à la fois. Miloraine parmi les miloraines, aux robes de brume qui osons dompter les serpents sur nos têtes. Mes amies miloraines nous accompagnent dans une réalité insupportable, celle des femmes abusées et des enfants orphelins, comme Thilda, Imanol ou moi, aux envols imprécis.

Mon prénom, une presqu'île, où ma mère avant de mourir a saisi les mains du vent. Celui du nord, du sud, de l'est, de l'ouest ? La boussole s'affole, j'ignore sur lequel elle a jailli pour prendre le large. Ce que je sais, c'est qu'au moment de ma conception ma mère s'agrippait avec ses ongles et des doigts brisés au sol et aux pierres. Sur ses lèvres s'est posée, non pas de la salive, une haleine douce ou plus aigre, qui aurait été humaine, mais un trop-plein de poussières.

J'ai toujours voulu plus que connaître ce prénom qu'elle avait désiré pour moi, sa fille. A mon argile silencieuse je raconte qu'autrefois on m'appelait la Chose.

La Chose ?

Mes doigts caressés par les lombrics autrefois, et morcelés de coups de bâton par une vieille qui méritait pourtant de vivre. Des doigts de terre, l'argile me va bien.

J'ai toujours désiré aller au bout de mon prénom breton, de ma presqu'île normande, du lieu du drame de ma mère.

J'ai toujours voulu connaître ma mère, devenue silencieuse, de son silence forcé, de la terre de sa tombe dont plus tard, je suis allée chercher le surplus.

Je l'ai mise dans un seau, avec de l'eau. Et je l'ai pétrie et pétrie durant mes nuits sans sommeil.

J'avais vingt ans.

J'ai écrit avec cette terre mon prénom en toutes lettres en lettres de potier. Elle collait, alors je lui ai ajouté du sable doux de Crabec. J'ai façonné mon nom en lettres de pierre et je les ai révélées au monde, un monde étroit, étriqué lorsque l'on ne regarde jamais au-dessus de la nuit :

K
L
E
R
V
I
E

Ces lettres maintenant sont sur la tombe de ma mère, sur l'herbe plate que l'employé tond de temps en temps, dans un des cimetières où autrefois j'allais ramasser le surplus de sol, le reste que l'on concède à l'humain qui n'est plus.

Le volume d'un cercueil par mort, ce que vaut la terre pour les vivants.

J'y ai posé de grosses lettres de terre noire.

J'avais donc vingt ans et mon corps est venu à moi.

Brieuc m'a fait l'amour, j'ai fait l'amour à Brieuc, des jours entiers dans sa chambre d'étudiant de lettres à Caen. J'avais découvert que plaisir et désir pouvaient s'accorder, sans ancrage autre que peau contre peau.

Lèvre salée à lèvre salée.

L'amour pour moi la seule véritable révolution. Quand les bouches se rencontrent pour plus que le dire, pour inventer ce nouveau monde que promettait tant Thilda à ses clients.

— Comment t'appelles-tu ?

Voici les premiers mots de Brieuc sur la plage de la Bretonne l'été de mes vingt ans, quand s'éloignant du groupe d'amis avec qui il passait des vacances il a engagé notre première conversation. Je me ratatinais sur ma serviette de plage parce que j'étais en maillot de bain. Je l'avais aperçu la veille au bal du 14 juillet, j'avais dansé tout près de lui jusqu'à l'extinction des lampions. Mais nous n'avions pas osé nous parler.

Il m'a demandé mon prénom et je le connaissais, ce miracle.

— Et toi ?

— Brieuc.

— Comme la ville ? Quel beau prénom.

Je l'ai aimé par son prénom au premier abord.

Il m'a aimée à mon prénom au premier bord.

Primitif à tout amour, de ce qui manque à tout amour.

— Moi c'est Klervie.

— Quel beau prénom, je te retourne le compliment. Bretonne alors ?

— Moitié, et moitié normande.

— Klervie, tu sais ce que ce prénom veut dire ?

— Non.

— C'est le bijou des casiers des pêcheurs.

Plus clair qu'une pluie fraîche.

Bien plus lourd qu'un cœur.

Le bruissement de la vie.

J'ai rougi un peu. Aucun jeune homme ne m'avait regardée avec des yeux d'envie comme lui à ce moment de la coïncidence :

— De qui est ce poème ?

— Je viens de l'inventer pour toi, parce que je suis poète et les poètes savent lire sur le front des femmes feuilles.

— Avant tu sais, pour te refroidir un peu, longtemps on m'appelait la Chose.

Il a un peu tordu sa lèvre, il cherchait à me séduire déjà, son cerveau devait fonctionner à cent à l'heure et il créait des mots pour me garder, tout contre lui avec sa voix d'homme à aimer. Il m'a lancé en s'asseyant près de moi sur le sable :

— Tu sais, toi, Klervie ?

Comment s'appellent vraiment les choses,
Comment se nomment les choses,
Se prénomment véritablement les choses aimées
Sans poète dans leur VIE ?

Klervie

Roland parlait peu. Par la terre qu'il modelait, par son métier de potier, il écrivait à sa manière la vie, il me racontait mon histoire. Il aimait ses paysages, ceux du Val-de-Saire, mais surtout de l'anse de Crabec où il ne cessait de cheminer en dehors des chemins. Avec lui j'ai appris à regarder l'océan, à glisser sur les rochers, à écouter le message de l'eau.

Il ressuscitait Madalen à chaque pas et me parlait de ma mère. J'avais l'impression ensuite de mettre mes pieds dans leurs traces laissées sur le sol, dans les traces de deux Bretonnes égarées ayant épousé deux frères.

Dans ses yeux, mes fantômes, je les distinguais vraiment.

Quelques jours avant mon mariage, Roland a sorti la robe de mariée de ma tante, son épousée, et l'a brûlée devant moi en souriant, sur le gros rocher rond. Celui qui ressemble au corps d'une femme ronde, celui d'une mère.

Alors je lui ai proposé de brûler son costume à

lui, celui de son mariage, celui qu'il portait le jour où je l'ai vu pour la première fois, lorsqu'il avait voulu se pendre à la branche de mon arbre.

— Celui que je portais le jour où je t'ai connue, ma petite ? Celui-là ?

J'ai hoché la tête. Alors on est allés le chercher ensemble, les puces de mer, affolées par la fumée dégagée, sautaient sur nos jambes comme jamais. Nous étions vraiment heureux, je crois, à ce moment. Il me tenait la main, je tenais sa canne. Je le soutenais à mon tour.

J'ai imaginé les empreintes à peine creuses des pieds nus des enfants sans prénom sur le sable, je lui ai montré les miennes.

Il souriait avec ses yeux pétillants de grand sage. J'ai souri à mon tour en contournant mes empreintes à peine visibles. Il a tourné la tête vers moi, sa voix est devenue délicate :

— Souris, souris, ne t'arrête jamais de sourire, promets-le-moi.

Nous avons joué avec nos ombres infinies que le soleil poussait à force de descendre. Il a ajouté ce conseil, qui ne s'est jamais altéré en moi :

— Sourire, c'est éclaircir l'ombre, même la plus abominable, ainsi on l'empêche de nous soumettre à elle complètement.

J'ai acquiescé, mon cœur battait fort. J'étais amoureuse.

Il a murmuré :

— Je suis content que tu épouses un Breton, vois-tu.

Au loin, mon amour nous observait. Brieuc nous lançait des signes de la main et je suis certaine, malgré la distance, qu'il a pu saisir l'éclat de notre complicité à cet instant. Il devait nous prendre pour des fous, à brûler ces vieilleries bénies sentant la naphtaline.

Ensuite, Roland et moi avons poussé les cendres dans une vague. Elles dansaient en pétillant, trempées par le soleil.

Mon père, le géniteur, ce corps-mort, m'a approchée à reculons pour que je le voie vraiment ; je l'ai pris en pleine face, vent debout.

D'Auguste, je me souviens de sa figure, de sa voix, quelques fragments ici et là éparpillés dans ma mémoire. Cette pluie curieuse sur ses joues. Devant ce corps à l'abandon, j'avais par nécessité fermé ma pensée. Comme on enferme les mots, après les avoir jetés le long des pages d'un livre. Ils n'en ressortent plus, ne s'en sortent plus.

Ce père somnambule, quand je lui ai été présentée, m'a semblé petit. Ceci à mon échelle. Minuscule, maigre, décharnée, dépenaillée d'affection, je mesurais un invisible. Mon père, avant lui, se nommait l'arbre du pré des druides, tronc et branches fortes, riant au vent, se moquant des éclairs, se lustrant au tonnerre. A peine cicatrisé des cœurs des amoureux taillés sur son tronc, des soldats de la Première Guerre. Il s'était couvert du contingent de la Seconde. Dans ses veines, les fées miloraines dissimulaient le livre des origines : les feuilles entières de la langue des êtres magiques, celle du silence des étoiles qui immobilisent le temps, en s'y adossant.

Cet homme éphémère, je l'avais imaginé fort et puissant. J'ai cherché en lui de la tendresse, je n'ai trouvé que du désespoir. Petit, car il s'est mis à genoux devant moi et il pleurait. Je n'avais jamais pleuré, je ne savais pas ce que c'était que les larmes, cette giboulée floue sur un visage. Son habit de grosse laine traînait à terre et je voyais ses pieds usés, les mêmes qui avaient marché comme les miens dans les sentes pierreuses et boueuses.

Ses yeux rouges m'effrayaient. Il martelait :

— Pardon, pardon !

Ce mot, je ne le connaissais pas. Je ne connaissais aucun mot d'ailleurs, pas même mon prénom. On m'appelait la Chose, une immatérielle, issue d'une vie incertaine. Cela ne me gênait pas vraiment, j'avais appris à n'être rien dans ce grand nulle part.

— Pardon.

Voilà quasiment les seuls mots que j'ai entendus de mon père géniteur, son requiem.

Pardonner quoi, pourquoi ?

Ses yeux rougis, je les ai craints, plus que craints, d'ailleurs c'est au-delà du mot. Aussi je pleure peu pour ne pas lui ressembler, avec cette morve lui coulant du nez qu'il essuyait avec ses grandes manches sentant l'étable, le rance et le lait.

Un homme, ne possédant ni bras ni mains pour caresser, ni bouche pour aimer.

Un sexe mort.

Celui qui avait tué ma mère, ma tante, mes adorées, mes fantômes, ma Bretagne, mon pays, celui de Nantes et ma Normandie, celle des hauteurs, des presqu'îles de la Hague et celle minérale de la Saire. Je suis restée longtemps une brindille de sous-bois, celles sur lesquelles on marche sans les voir, alors qu'elles nous observent.

Seulement, avec les années, ce mot pardon, je l'ai saisi. Non pas pour lui accorder ce que je n'ai pas la légitimité d'accorder, mais lorsque j'ai appris le prénom que finalement il m'avait donné.

Le don.

Je suis enfin née, plus que née. Ce monstre me l'a attribué, ce prénom, dans un dernier sursaut. Je m'appelle Klervie. Ce prénom écrit la Bretagne et la Normandie réunies dans leurs paysages et dans le pouls des profondeurs. Lorsque je suis retournée le voir, à mon âge de femme, je l'ai remercié de tout mon cœur. Je lui ai présenté l'enfant que mon mari Brieuc et moi avons nommé Imanol, en souvenir d'un homme, un devin, qui protégeait les gens dans le Val-de-Saire. Les descendants de ses fidèles viennent encore couvrir sa tombe de fleurs. Le père de Thilda Valvachet, celle qui m'a confié son amour.

Ce n'est pas avec la haine que l'on avance, prétendait Roland Valvachet, mon père adoptif et mon oncle, mais avec la gratitude.

— Merci.

Merci, c'est ce que j'ai dit à Auguste mon père, en lui présentant son petit-fils que j'ai déposé dans ses bras.

Heureusement il ne pleurait plus comme la première fois où je l'avais rencontré :

— Il est gaucher cet enfant ? Et toi aussi.

— Oui, il l'est.

Le peu de temps que j'ai pu rester avec lui, je ne craignais pas qu'il me le dévore, qu'il me dévore, tellement il avait dévoré ma mère. Je pensais, comprends bien : cet homme, il n'a plus faim.

Alors, il a commencé à m'écrire. Ses lettres, je ne les ai pas ouvertes, elles sont en pile, dans ma chambre. Un petit tas. Je regarde leur timbre vert, j'imagine sa salive dessous. Je passe mes doigts sur les contours de leur enveloppe jaunissante. Je n'ai plus besoin de ce qu'elles me racontent.

Chose, animal errant et enfin lettres de pierre j'ai appris à lire, lettre à lettre, avec un jeu de cartes. Celui de Thilda, la voyante du Val-de-Saire, avec ses cartes qui racontent une histoire, sans brusquer, sans suivre des lignes. J'ai appris à lire avec des images, celles des divinités, des astres, des fleurs. Le grand jeu de mademoiselle

Lenormand, le plus beau livre de contes que l'on puisse imaginer. Grâce à notre héritage de culture grecque et latine, le grand jeu nous remémore ce que nos ancêtres ont inventé de mythes, pour parler plus simplement de la mort, des turbulences, des joies de l'existence.

Plus tard, quand j'ai appris à lire et écrire, en récompense de mon attachement aux mots, mon acharnement à devenir humaine, à remonter du sous-sol, j'ai enfin pu porter mon prénom. Je l'ai porté avec dans mon regard, en marchant, la lumière des femmes qui m'ont mises au monde. Les deux sœurs bretonnes, Aëlle et Madalen, nées Kermadec, comme la sorcière de Rochefort-en-Terre. Puis une autre a caressé ma main, elle m'a chanté des berceuses, elle m'a reconnue parmi toutes, elle m'a attendue : Thilda, la destinée, vieille druide et fée. Moi aussi j'étais une fée à ma naissance, puisque j'ai dormi et été élevée à la base par les arbres, réchauffée par leur sève douce et faussement assoupie.

En 1948, Anne-Marie et Roland sont allés à Prague et ont visité l'école de Frantisek Bakulé abandonnée et fermée par les Soviétiques. A leur retour ils se sont mariés, nous sommes allés entourer le grand hêtre de Maupertus. Y chantait ce jour-là un bouquet de mésanges bleues.

Aujourd'hui, je suis vieille, j'ai repris le jeu de

cartes de Thilda, je garde ses trésors, j'ai appris ses secrets à mon fils Imanol, qui après moi maintiendra la mémoire précieuse des gens accomplis, ceux qui ne commercent pas avec la violence.

Vannes/Pornic, 2015

Vous souhaitez en savoir plus sur les livres et les auteurs
de la collection Terres de France ?

Retrouvez toutes les informations sur le site
www.collection-terresdefrance.fr
et abonnez-vous à notre lettre d'information.

Suivez-nous également sur notre page Facebook
et sur notre fil Twitter.

Club des Amis de Terres de France
12, avenue d'Italie
75627 Paris cedex 13

MIXTE
Papier issu de
sources responsables
FSC™ C003309

Composition et mise en pages
Nord Compo à Villeneuve-d'Ascq

Dépôt légal : mai 2016

Imprimé en France par EPAC Technologies
N° d'impression : 4550414325319
Dépôt légal : avril 2016